Feux et brumes

Nous remercions
le Conseil des Arts du Canada
le Conseil des arts de l'Ontario
Patrimoine canadien
et la Municipalité régionale d'Ottawa-Carleton
de l'aide accordée
à notre programme de publication.

 Patrimoine canadien   Canadian Heritage

Données de catalogage avant publication (Canada)

Feux et brumes : Contes, légendes et récits

(Les inédits de l'école flamande ; cahier no 4)

ISBN 1-895873-62-2

1. Roman canadien-français--Capitale nationale,
Région de la (Ont. et Québec). 2. Roman canadien-
français--20e siècle. I. Flamand, Jacques, 1935-
II. Collection
PS8329.5.O5F48 1998 C843'.5408'0971383 C98-
900299-3
PQ 3917.O5F48 1998

Les Éditions du Vermillon
305, rue Saint-Patrick
Ottawa (Ontario) K1N 5K4
Téléphone : (613) 241-4032   Télécopieur : (613) 241-3109
Adresse électronique : editver@magi.com
Site Internet : http:/francoculture.ca/edition/vermillon

Diffuseur
Québec-Livres
2185, autoroute des Laurentides
Laval (Québec) H7S 1Z6
Téléphone : (1800) 251-1210, (514) 687-1210
Télécopieur : (514) 687-1331

ISBN 1-895873-62-2
COPYRIGHT © Les Éditions du Vermillon, 1998
Dépôt légal, premier trimestre 1998
Bibliothèque nationale du Canada

Collection *Les Inédits de l'école flamande*
Cahier numéro 4   mars 1998

Feux et brumes

Contes, légendes et récits
par
dix-neuf auteurs de L'Atelier littéraire des aîné.e.s
des Outaouais

sous la direction de

Jacques Flamand

Illustration de la couverture : Gail Smith
Illustrations de l'intérieur : Patricia Séguin Smith

 Vermillon

Sommaire

Avant-propos

3

L'Atelier littéraire des aîné.e.s des Outaouais inc., association à but non lucratif, fête, cette année 1998, ses cinq ans d'existence. Le désir de dire, de créer au moyen de la langue écrite unit les membres en une commune passion. Depuis la publication du dernier recueil, **A cappella**, en 1995, si certains ont publié individuellement, nous n'avons pas fait paraître d'œuvre collective. Nous avions en effet décidé d'entreprendre un projet plus ambitieux encore et de plus longue haleine : écrire un livre de contes.

Pendant deux ans, nous avons étudié ce genre littéraire à la richesse inépuisable : légendes, contes de fées, contes traditionnels, contes et récits plus modernes, voire contemporains. Pour l'interprétation des contes, nous avons eu recours à différentes grilles d'analyse, socio-politique, psychanalytique, pédagogique ou tout simplement ludique, car si le conte instruit souvent, il doit toujours intéresser, divertir, faire voyager l'imagination et nourrir le rêve de l'auditeur ou du lecteur.

Le conte traditionnel, avant d'être écrit, est oral. C'est pourquoi il a tant de vérité humaine. Et il est universel. On retrouve à travers le monde les mêmes histoires, l'habit culturel pouvant toutefois varier quelque peu. Comme le mythe, le conte est de tous les temps et de tous les lieux. Les auteurs de L'Atelier l'ont bien compris et ils ont actualisé, chacun à sa façon, l'un ou l'autre trait de l'âme humaine.

Parallèlement à l'étude théorique, chacun d'entre nous a lu de nombreux livres de contes, dans divers genres et pour tous les âges. Et bien sûr, nous nous sommes mis à écrire des contes...

Travaillés et réécrits autant de fois qu'il le fallait, un certain nombre de nos contes ont été soumis à un comité de lecture en vue de la publication. Nous avons voulu en effet suivre une nouvelle fois la méthode qui, dans le passé, avait donné d'excellents résultats : constituer un comité ayant pour tâche de choisir les meilleurs textes, puis de les mettre au point avant de soumettre le manuscrit à l'éditeur. Cinq membres de L'Atelier furent désignés : Gilles Bilodeau, Rita Cauchy, Dolorèse Deschamps, Yvette Granier-Barkun et Yvonne Montreuil. Et je fus la sixième personne du comité. En sept mois, nous avons tenu trente-trois séances de travail, de trois heures chacune. Travail ardu, mais passionnant, accompli dans l'amitié et la complicité, toujours avec bonne humeur, et dans le souci constant de la qualité littéraire et du respect du texte.

Quel est le public lecteur de **Feux et brumes**? Sans hésiter, je réponds tout public, jeune ou adulte, et de tout niveau d'instruction ou de culture. Certains textes sont d'inspiration traditionnelle, d'autres sortent plus directement de l'imagination de leur auteur; cependant, ils respectent toujours le genre, conte, légende ou récit. Les trente-neuf textes du recueil, écrits par dix-neuf auteurs, sont regroupés en six chapitres, selon la manière et le traitement choisi : merveilleux, fantastique, drôle, traditionnel, propre à l'enfance, poétique. Bref, chaque lecteur trouvera histoire à son goût, et il pourra – qui sait? – la raconter à son tour. Le conte n'est-il pas fait pour être conté et raconté?

JACQUES FLAMAND

Introduction

Et si c'était vrai...

Depuis cinq ans, en travaillant à l'Atelier, nous avons appris que l'écriture commence par une réflexion, une observation ou une émotion. La création littéraire débute au moment où l'on commence à écrire le texte, dès les premiers mots, pour les forger les uns après les autres. Véritable art d'orfèvre! Ensuite, à revenir autant de fois qu'il faut sur le texte, pour lui donner force, clarté et élégance. Oui, nous avons voulu saisir le génie de cette langue d'une manière plus adroite, plus créatrice.

Grâce aux contes, nous sortons de la réalité par le merveilleux, par le fantastique, par le fabuleux. Aux exigences de la vie présente qui nous arrachent à tout recueillement et, trop souvent, nous expulsent hors de nous-mêmes, nous répondons par le sourire amusé et malicieux du conte et le retour aux profondeurs lumineuses de la légende.

Telle la mer qui change la direction de son flot en heurtant une pierre, nous avons su transformer nos ordinateurs et nos feuilles blanches en pierres à feu d'où a jailli l'étincelle créatrice d'un lointain merveilleux, féerique, presque inaccessible.

Je vous invite, vous lecteurs, à suivre le cheminement aventureux hors du temps, dans cette épopée du visible et de l'invisible, du dit, du non-dit et de l'inédit, en notre cœur, là où dansent encore les fées.

Nous voudrions vous divertir, vous faire rêver, vous donner à penser. La baguette magique des fées permet la matérialisation instantanée de nos désirs les plus chers. Et si c'était vrai...

GAËTANE RIMBEAU

I.

Monts et merveilles

Le maléfice

Dans un pays lointain, sur les bords du Loch Folcon vivaient, il y a fort longtemps, un pêcheur et sa famille. Leurs richesses consistaient en une humble chaumière, un lopin de terre et une barque. Malgré la difficulté du quotidien, ils vivaient heureux et en harmonie. Cette paisible existence allait bientôt être bouleversée. La mère venait de les quitter pour l'au-delà et, désormais, le malheur s'acharnerait sur eux. Le poisson, unique source de revenu, disparaissait mystérieusement des eaux du Loch. La misère et la famine les guettaient.

Un soir, plus découragé qu'à l'accoutumée, le père se laisse aller au désespoir.

– Père, s'empresse de dire Aubrey, l'aîné des garçons, ne vous inquiétez pas. Demain, c'est moi qui partirai pêcher à votre place.

Aubrey, très tôt le matin, s'éloigne dans les brumes du loch. Il a un plan. Sa mère lui est apparue en songe et lui a dit :

– Aubrey, je connais le malheur qui vous frappe. Prends la barque du père et rame jusqu'à l'Anse-aux-Sorcières; là, va à la crypte, et jette les filets. Même si cet endroit est un lieu de malédiction, fais comme je te dis.

Aubrey n'avait soufflé mot à quiconque de son rêve. Tout en évoquant ce souvenir, il continue à ramer vers l'Anse-aux-Sorcières, mû par une force mystérieuse. Son esprit est tourmenté. Deux horribles sorcières règnent sur l'Anse et ne laissent personne s'en approcher au risque de faire naufrage. Aubrey sent la barque ralentir et comprend qu'il est arrivé à la crypte.

Il est prêt à lancer ses filets, comme le lui a demandé sa mère. «Si quelque chose m'arrive maintenant, on ne me retrouvera jamais!» se dit-il. Cette pensée le glace, et il est soudain saisi d'une grande frayeur. Ses mains sont moites. Un des filets lui échappe et tombe dans la profondeur des eaux. Avec beaucoup de mal, Aubrey essaie de le remonter à la surface; il lui semble anormalement lourd. Dans un suprême effort, il parvient à le hisser hors de l'eau. Quelle n'est pas sa stupéfaction! Devant lui, émergeant de l'onde, se dresse une femme aux longs cheveux blonds; des yeux verts le fixent, une bouche ruisselante lui sourit. Son corps est celui d'un poisson de taille humaine dont les écailles scintillent au soleil. Cette forme ondule et se soulève par saccades :

– Je m'appelle Kate, dit-elle. Je suis la fée qui règne sur les eaux du Loch Folcon et sur ses rives. Mon royaume s'étend jusqu'au delà de la forêt. Bénis sois-tu, étranger! Tu viens de me délivrer d'un mauvais sort que les sorcières de l'Anse m'avaient jeté, il y a bien des ans. Elles m'avaient plongée dans une grande torpeur et précipitée au fond des eaux. Elles avaient juré, pour se venger de mes pouvoirs, de réduire mon royaume à la misère et à la famine.

Pour exécuter leur terrible dessein, les sorcières ont à leur service le Grand Folcon lui-même et son armada de rapaces.

Aubrey, médusé, ne peut en croire ses yeux ni ses oreilles. Kate lui demande de la hisser dans la barque. Il s'empresse d'aider la fée. Celle-ci, s'asseyant de côté, poursuit :

– Tous les soirs à la tombée de la nuit, le Grand Folcon et ses acolytes quittent la forêt pour venir accomplir leur triste besogne. Ils forment au-dessus des eaux un immense bouclier. Peu de temps s'écoule avant que, au-dessous d'eux, les poissons viennent s'ébattre à la surface. Le Grand Folcon donne alors le signal de l'attaque. Il plonge tête première sur des proies innocentes. Les autres rapaces suivent. La surface des eaux devient alors un immense champ de bataille. Et cette tuerie dure jusqu'à ce que l'onde rougisse et retrouve un silence de mort. Des équipes de rapaces-fossoyeurs, enfin, ont la tâche de transporter les cadavres dans une fosse où ils sont entassés.

Kate poursuit :

– Mes pouvoirs me sont rendus grâce à toi. Je sais maintenant qui tu es, qui est ton père. Je ne supporterai pas plus longtemps le maléfice jeté sur toi, ta famille, et tous les sujets de mon royaume. Écoute, voici ce que nous allons faire. S'approchant de l'oreille d'Aubrey, elle chuchote longuement...

Prenant congé et se jetant à l'eau, elle lui crie :

– N'oublie pas demain, à l'endroit et à l'heure convenus.

* * *

Aubrey rentre chez lui. Il explique à son frère cadet, Nicolas, que tous deux doivent accomplir une mission importante le lendemain.

Nicolas joue divinement de la flûte depuis toujours. Son jeu exerce un pouvoir supra-naturel sur ceux qui l'écoutent; ils deviennent envoûtés et soumis. Kate, connaissant ce pouvoir, est prête à l'exploiter. Au petit matin, Aubrey, et Nicolas sa flûte à la main, partent pour le loch où Kate les attend. À peine sont-ils arrivés qu'elle demande à Nicolas de jouer. Dès les premières notes, le charme opère. Les oiseaux arrivent de toute part, comme si une force irrésistible les attirait. Très vite les rapaces suivent, ainsi que le Grand Folcon lui-même. Lorsque tous sont rassemblés et subjugués par la musique, Kate leur tient ces propos :

– Le règne des esprits maléfiques de l'Anse-aux-Sorcières est fini! Rapaces et Grand Folcon, cessez immédiatement votre carnage sinon vous perdrez votre sens de l'orientation et ne pourrez plus jamais voler. Vous ne reviendrez plus dans la forêt, et vous serez condamnés à périr. Reconvertissez-vous dès aujourd'hui à l'Esprit du bien!

Ainsi, dans un pays lointain, sur les bords du Loch Folcon, il y a fort longtemps, les habitants de la contrée recouvrèrent leur existence heureuse et en harmonie.

Yvette Granier-Barkun
Ottawa (Ontario)

Le chien et la fauve

Qui me regarde se sent ennobli. C'est bien ce que je me dis quand les passants, à distance, font des commentaires à mon sujet. Tête haute, oreilles aux aguets toujours, compagnon fidèle de mon maître, je suis un pure race, je suis de la race des élus.

J'avais à peine conscience de mes atouts quand, un matin, après une toilette méticuleuse, on me sépare de mes frérots. J'en ressens encore le choc à la fine pointe de mon cœur. J'étais si bien sous le museau de ma mère. J'ai essayé de clabauder, de japper, d'aboyer... j'en étais à mes premiers exploits. J'ai glapi en vain; ma mère, après une hésitation certaine, a baissé la tête en signe d'acceptation.

Les yeux plus brillants qu'à l'accoutumée, elle me salua longuement. Très très loin encore je distinguais le va-et-vient nerveux de sa queue qui semblait me dire : «Va, petit, tu n'es pas né chien de manchon, tu seras chien d'aveugle. Va.» C'est ainsi que j'ai quitté le berceau familial.

Et j'ai grandi. Les journées sont très pleines ici. Se lever, se coucher, flairer, guetter, être au garde-à-vous, il faut tout prévoir, tout savoir. Il n'y a pas beaucoup de temps pour l'ennui, et je me suis fait de nouveaux amis. Entre nous, on s'encourage chacun son tour.

Aujourd'hui, d'après les consignes, il faut être obéissant plus que jamais, attentif au moindre geste. C'est le grand jour! Pour la première fois je suis invité chez mon futur maître, et pour me dérider, car on dirait que j'ai avalé mille papillons qui m'étouffent, on m'accorde une heure de grande liberté, seul, à flanc de montagne. Quelle sensation de bien-être jusqu'au bout de mes quatre pattes! Je me sens heureux comme un roi, si bonheur il y a pour les rois. Je flaire des odeurs nouvelles, je cours, je saute, je roule, ma queue suit la cadence. Un bruit insolite me sort de mon ivresse. Une silhouette fait des arabesques devant moi. Je me redresse aussitôt et reprends mon sang-froid. J'avance à pas de... Ma foi, comme elle est jolie! Vraiment c'est un jour de chance. Je lisse mes poils, pointe mes oreilles.

– Bonjour! Vous demeurez par ici?

Elle reste là, droite, sans aucun clignement d'œil.

– Vous êtes de la race canine, n'est-ce pas? Vous m'entendez bien? Vous parlez chien de garde, chien de chasse ou chien tout court?

Elle recule. Sa queue touffue, ses oreilles droites comme des soldats montant la garde, son museau plus aiguisé que le mien me rendent un tant soit peu jaloux. Je m'avance plus près, pas trop. En saluant à nouveau, avec encore plus de réserve :

– Bonjour!

– Ne m'approche pas. Je ne suis pas de ta race. Tu viens de chez les hommes et les hommes sont méchants.

Je la regarde. Je sens le feu dans mes yeux. Mon cœur palpite très fort. Je voudrais tant comprendre sa méfiance. J'approche encore. Elle rugit.

J'entends au loin le sifflet qui m'appelle.

«Je dois partir. Puis-je revenir?»

C'est ainsi qu'un chien-guide fit la connaissance d'une louve plus belle que toutes les louves.

«J'y retournerai un jour...»

PIERRETTE LORTIE-CARIGNAN
GATINEAU (Québec)

La recette magique

Dans une petite maison perdue au fond des bois, vivaient seuls Narcisse et Capucine, deux enfants dont les parents étaient morts, emportés par un mal mystérieux. Depuis lors, leur existence était misérable. Aussi, pour ne pas mourir de faim, voyant les provisions baisser de jour en jour, décidèrent-ils de partir.

Après avoir jeté quelques galettes dans un sac – c'est tout ce qu'il leur restait à manger – ils quittèrent la petite maison et s'en allèrent par le sentier qui traverse la forêt. Ils marchèrent longtemps, se nourrissant de fruits sauvages et de racines et se désaltérant d'eau claire. Ils ne plongeaient pas la main trop souvent dans le sac, il fallait garder des galettes au cas où leur marche se prolongerait.

Deux nuits de suite, Narcisse et Capucine dormirent appuyés à un gros arbre, blottis l'un contre l'autre. La fillette commençait à se décourager mais son frère, de deux ans son aîné, la réconforta en ces termes :

– Prends courage, petite sœur, la chance finira bien par nous sourire. Le temps est doux et, depuis ce matin, le chemin plus facile. On devrait arriver quelque part, au bout de notre misère, peut-être? Apparut alors sur le sentier une vieille femme, très laide et mal fagotée, qui s'adressa à eux d'une voix chevrotante :

– Que faites-vous seuls sur la route, mes enfants? Il y a longtemps que je n'ai vu personne par ici.

– On est bien fatigués, madame, dit Narcisse. Peut-on s'asseoir là avec vous?

– Bien sûr! Je vous vois un sac à la main; y a-t-il dedans quelque chose à manger? Je meurs de faim!

– Il nous reste deux galettes, madame, c'est tout. Ma sœur et moi sommes affamés aussi, mais prenez-les, vous êtes si vieille, et paraissez tellement fatiguée. Nous, on essaiera de s'arranger.

Le laideron dévora les galettes au nez des enfants qui s'étaient sacrifiés pour elle.

– Miam-miam. C'est délicieux. Je n'ai jamais rien mangé d'aussi bon!

– C'est la recette de notre mère, dit Narcisse. Elle seule en avait le secret qu'elle nous a confié avant de mourir.

– Quelle bonne maman vous aviez! Reposez-vous, maintenant, je veillerai sur votre sommeil.

Les orphelins, brisés de fatigue, s'endormirent aussitôt près de la vieille femme. Quand ils s'éveillèrent, quelle ne fut pas leur surprise en apercevant à leurs côtés une jolie dame au plus doux des sourires. Elle était tout de blanc vêtue et de soyeux cheveux blonds encadraient son visage d'une grande beauté. Eux-mêmes étaient transformés. Leurs haillons avaient disparu pour laisser place à des habits neufs. Leurs pieds, endoloris par la longue marche en forêt, pouvaient maintenant fouler le sentier, bien à l'aise dans des chaussures confortables.

– Pince-moi, Narcisse, je dois rêver!

– Ce n'est pas un rêve, petite, tu es bien éveillée, dit la belle dame. Je suis la fée Mélodie. J'avais emprunté l'apparence d'une vieille femme pour vous faire subir une épreuve. Vous m'avez montré votre générosité en vous privant de nourriture pour me donner à manger. Vous avez un cœur d'or et je vous en félicite.

– Merci, oh merci, madame la fée, pour les beaux vêtements, dirent en chœur les deux enfants. Mais nous mourrons de faim si...

– J'y arrive. Vous méritez une récompense et je vous la donne à l'instant. Voici une baguette magique. Prends-la, Narcisse. Fais un vœu et, pour qu'il se réalise, tu n'auras qu'à la frapper sur du bois. Ton souhait sera alors exaucé. Il te sera possible d'utiliser la baguette trois fois, pas plus. Attention à tes choix. Je vous quitte maintenant, dit la fée Mélodie en les embrassant. Soyez heureux, et merci encore pour les galettes!

La bonne fée disparut comme par enchantement. On eût dit une feuille emportée par le vent. Les enfants la suivirent des yeux jusque très haut dans le ciel, où elle s'évanouit derrière un nuage.

– Faisons un premier vœu, Narcisse, n'aurais-tu pas envie d'un bon repas?

Le garçon, dont l'estomac criait famine, n'hésita pas une seconde. Tenant sa sœur par la main, il frappa la baguette magique contre un arbre, disant d'une voix forte : «Que de la bonne nourriture apparaisse devant nous à l'instant!»

Dans un grand souffle, arriva un repas gastronomique servi sur une nappe posée à même le sol. Les enfants, ravis, s'empiffrèrent, oubliant les bonnes manières. Repus, ils nouèrent la nappe en un baluchon, y entassèrent les restes du festin, et reprirent la route allègrement.

À la brunante, Capucine, plus craintive, n'envisageait pas de passer une autre nuit en forêt. Que faire d'autre? Ce long chemin n'avait plus de fin et aucune habitation en vue, sauf cette vieille bicoque, là, à gauche, sans porte ni fenêtre et au toit à moitié arraché.

– As-tu la même idée que moi, Capucine? Si on transformait cette cabane en une belle maison?

– Oh oui! On pourrait commander la maison que je vois souvent dans mes rêves : toute blanche, avec un toit rouge et des volets bleus, un jardin potager à l'arrière et des roses trémières sur la façade.

– Donne-moi la main, Capucine, ce sera notre second vœu. Puis, frappant à nouveau la baguette contre un arbre, Narcisse dit d'une voix forte : «Que le désir de ma sœur soit exaucé!»

Aussitôt la terre trembla, les arbres de la forêt reculèrent, et le chemin s'élargit pour faire place à une jolie maison tout à fait semblable à celle que la fillette avait demandée. Le frère et la sœur n'avaient jamais vu demeure aussi coquette. Fous de joie devant cette merveille, ils riaient et pleuraient tout à la fois. Leurs attentes furent comblées. Les armoires de la cuisine débordaient de bonnes choses à manger et des lits moelleux les attendaient dans des chambres claires, des rideaux de mousseline aux fenêtres.

– Finie la misère, petite sœur, ce que nous allons être heureux!

Les jours qui suivirent furent très agréables. Les enfants dormaient dans des lits douillets, mangeaient des légumes frais cueillis du jardin, humaient l'odeur des roses. Au bout d'une semaine, cependant, l'ennui commença à s'installer. Personne aux alentours. «On serait mieux avec des voisins, quelqu'un à qui parler». Il leur restait toujours un troisième souhait, le dernier. «Et si on habitait dans un village?» Tenant sa sœur par la main, Narcisse frappa à nouveau la baguette, contre la table de la cuisine cette fois-ci, et dit d'une voix forte : «Que notre demeure soit transportée dans un village accueillant».

La secousse qui suivit fut si violente qu'ils tombèrent à la renverse et perdirent connaissance. À leur réveil, une autre surprise s'offrit à leurs yeux éblouis. Leur domaine surplombait un hameau charmant. Ils ne seraient plus seuls dorénavant. Bien sûr, tout cela ne ramenait pas leurs chers parents...

Un bruit sec frappé à la porte les tira de leur nostalgie. Ils allèrent ouvrir et ne trouvèrent qu'un sac posé sur le perron. Intrigués, ils regardèrent à l'intérieur pour y découvrir quantité de galettes, comme celles que faisait leur mère. Sur une note était écrit : «La misère est chose du passé. Ayez toujours de ces galettes en réserve, elles vous porteront bonheur. Soyez heureux, mes chéris.»

Levant les yeux, les enfants virent alors comme une traînée lumineuse quittant le sol pour rejoindre les nuages dans le firmament. Était-ce le passage de la fée Mélodie, ou bien encore...? Mystère! Sûrement, on veillait sur eux.

RITA CAUCHY
GATINEAU (Québec)

Le pouvoir des mots

Un jour, dans un petit village sans nom, j'ai rencontré un homme sans âge. On disait de cet homme, hors de l'ordinaire, qu'il était guérisseur. Devant sa porte, de longues files de gens attendaient pour le consulter. Chose bizarre, la plupart d'entre eux portaient, sous le bras, un dictionnaire.

De bouche à oreille, les faits et gestes de cet homme s'étaient rendus jusqu'à moi. «Je souffrais de ceci, de cela», disait-on, «et il m'a guéri». À son sujet, on ne tarissait plus d'éloges. Médecin ou charlatan? Mystère.

La curiosité me tenaillait. Je voulais démasquer l'homme. Comment obtenir un laissez-passer pour cette demeure à l'apparence d'un cerveau humain et hantée par les fantômes de l'imagination? Je devais percer le secret de l'homme afin de connaître ses pouvoirs.

Rusé, je convainquis mon grand-père, cousu d'arthrite, de m'accompagner. Nous dûmes faire la queue pendant des heures avant d'être introduits dans la maison de ce supposé magicien. Quelle ne fut pas notre surprise de constater, en entrant dans une grande salle, que les murs étaient tapissés d'écriteaux portant tous la même inscription : *Je guéris les maux par les mots!* L'homme nous regarda avancer vers lui et dit, s'adressant à mon grand-père:

– Croyez-vous en vous-même?

– Oui, je crois que oui.

– Qu'attendez-vous de moi?

– Si c'était un effet de votre bonté, peut-être un petit soulagement à mes douleurs d'arthrite? Je vous en serais reconnaissant.

– Et de quels autres ennuis souffrez-vous? demanda l'homme, fixant mon grand-père dans les yeux,

– J'ai bien celui de mal digérer, à cause de mon foie, et ce sapré vertige qui fait qu'au moindre mouvement de tête, tout chavire.

L'homme réfléchit, puis sur un bout de papier, il écrivit quelques mots.

– Voilà ma prescription.

Sur ce, il nous reconduisit à la porte, sans s'être soucié de moi. Pour lui, je n'existais pas. J'avais hâte de voir ce que ce charlatan avait prescrit. Je lus: «Écrivez un poème de quatre à cinq lignes, dont la majorité des mots contiendront *ite* ou finiront par *ite*. Revenez dans trois semaines; apportez votre poème et votre dictionnaire.»

Mon grand-père, qui n'avait pas ouvert un livre depuis des années, encore moins un dictionnaire, demanda la collaboration de sa femme. Chaque soir, ils s'employaient, elle et lui, à fouiller ce pauvre vieux Larousse qui avait dormi si longtemps sur l'étagère.

– Tu n'es pas pour parler de moi dans ce poème, disait ma grand-mère à son vieux. Parle plutôt de Marguerite qui n'est pas vite. Évite aussi tout ce qui t'agite.

On pouffait de rire. Grand-papa en oubliait son arthr*ite*.

Les trois semaines écoulées, nous nous rendîmes chez l'homme, munis d'un dictionnaire.

– Voici mon poème :

> Petite je t'incite
> Cherche le gîte
> Du jésuite
> Qui a pris la fuite
> Dans les Dolomites.

– Bien, fit l'homme. Que vous a appris ce travail?

– J'ai découvert qu'il y a plus de cent cinquante mots se terminant par *ite*. Je sais aussi que les Dolomites se trouvent en Italie. J'oublie la hauteur de ces montagnes, c'était pourtant écrit noir sur blanc. Faudra que je cherche ce mot à nouveau.

L'homme réfléchit, prit un bout de papier et, comme la fois précédente, rédigea une prescription. «Écrivez un poème de sept à neuf lignes dont la majorité des mots contiendront *oi* ou se termineront par *oi*, qu'ils s'écrivent oi, oie, oit ou ois. Revenez dans trois semaines et apportez poème et dictionnaire.»

Cette fois-ci, tous les enfants de nos deux aïeuls furent mis à contribution. On n'en finissait plus de se réunir chez l'un ou chez l'autre. Au vieux Larousse, on avait donné un ami, le Petit Robert, générosité d'une de mes tantes. Grand-père, lui, en oubliait son *foie*.

Le temps venu, grand-papa remit son travail avec fierté :

>   Il était une fois
>   Un homme assoiffé
>   De savoir.
>   Empoisonnée par le temps sa mémoire
>   Dormait comme un loir.
>   En proie au désarroi
>   Il s'arma du pouvoir de rêver.
>   Apparut alors un phare dans le noir
>   Qui dissipa ses voiles.

– Bien, approuva l'homme. Maintenant, dites-moi ce que vous avez appris.

– Je sais aujourd'hui que le besoin d'apprendre est fort chez les humains. En cherchant les mots prescrits, j'ai cueilli de la beauté. Ma famille se compose de neuf membres, chacun a écrit un vers de ce dernier poème.

Grand-papa cessa de parler, car l'homme n'écoutait plus. Comme les deux fois précédentes, il présenta une prescription à mon aïeul. «Écrivez ce que vous voulez, pourvu que la majorité des mots commencent par *ver*. Revenez dans trois semaines et n'oubliez pas votre dictionnaire.»

Quelle vermine, me dis-je, en lisant à nouveau ce fameux devoir à accomplir.

Cette fois-ci, les amis furent aussi mis à contribution. À nos réunions apparaissaient même les amis des amis.

– Ver, disait l'un, comme les souliers de Cendrillon.

– Ce mot est rejeté, lançait un deuxième, car il s'écrit vair.

Les conversations s'animaient. On proposait, analysait, critiquait toutes sortes de mots. Mon grand-père, lui, en oubliait son *vertige*. Phénomène inexplicable, à chacune de ces rencontres, il me sembla entrevoir l'homme qui me souriait... Enfin, le jour de notre dernier rendez-vous arriva.

– Où donc est passée la maison de l'homme? s'inquiéta mon grand-père.

Je fus aussi étonné que lui de ne pas la retrouver. Nous vérifiâmes le nom des rues et les numéros de portes. Nous étions bel et bien au bon endroit. Soudain, un bruit sourd nous fit tourner la tête. Apparut alors, en plein centre du terrain vacant, un grand panneau blanc, lumineux. Il affichait l'image du plus beau et plus gros dictionnaire jamais vu. Sur ses pages ouvertes, écrit en lettres dorées, on pouvait lire:

Guérissez vos maux par les mots.

Je n'ai jamais revu l'homme. Mais il m'est arrivé, au cours de mes voyages dans d'autres villes sans nom, de rencontrer bien des gens, dictionnaire sous le bras, faisant la queue devant des maisons en forme de cerveau. J'ai ouï-dire que celles-ci étaient hantées par le pouvoir des mots.

YVONNE MONTREUIL
HULL (Québec)

La fée des lilas

Il était une fois un pays perdu dans le bleuté des montagnes lointaines. Cette contrée était sous la protection d'une grande dame appelée Fée des lilas.

Elle habitait un château de pierre en bordure d'une grande forêt de lilas, qui fleurissaient à longueur d'année. Les oiseaux y nichaient volontiers et on pouvait entendre leur chant d'un soleil à l'autre. Dans ce pays, il faisait toujours beau et les habitants vivaient un bonheur parfait, humant le doux parfum des arbustes mauves.

Un vieux hibou, monsieur Bubo, secondait la fée dans ses fonctions. Il logeait au faîte d'un énorme pin gris, le seul arbre de cette espèce à pousser là. De ce poste de guet, grâce à sa vue perçante, nuit et jour il surveillait le territoire dans toute son étendue.

Une petite fille blonde aux yeux rieurs, du nom de Sabrina, vivait en ce lieu. En compagnie de papa Michel, de maman Diane et de son chien Montgomery, elle habitait une jolie maison rose au toit bleu nuit. Alentour, une clôture en treillis blanc, des fleurs et des buissons. Les gens l'appelaient la maison du bonheur.

Ce matin-là, à son réveil, Sabrina eut l'idée de faire une surprise à ses parents. Elle irait cueillir des fraises pour agrémenter leur petit déjeuner. Un panier à la main, elle suivait un sentier étincelant de lumière menant au pré où elle comptait faire sa provision de fruits sauvages. Montgomery, sans jamais perdre sa maîtresse de vue, gambadait dans le sous-bois. Ce chien lui avait été offert par son papa pour son cinquième anniversaire. Ce fut le coup de foudre entre l'animal et l'enfant, devenus d'inséparables compagnons.

En voyant le château qui se dressait majestueusement à l'orée de la forêt, Sabrina se rappela avoir entendu dire qu'une fée habitait cet endroit. Elle était sur le point de ramasser ses premiers fruits lorsque Montgomery, le poil hérissé, vint se placer devant elle. Au même instant, un léopard apparut dans la lumière du jour. Le gros chat bondit en direction de la petite fille. Il s'ensuivit un choc terrible accompagné de cris et de grognements sourds.

Montgomery réussit à saisir le léopard au cou et, poussé par l'amour qu'il vouait à sa jeune maîtresse, le souleva de terre. S'arc-boutant, le gros félin se dégagea et, d'un fort coup de griffe, envoya Montgomery, inconscient, rouler aux pieds de Sabrina. Le léopard était prêt à donner le dernier assaut, qui allait lui assurer sa proie. Or, le vieux Bubo avait tout vu. À grands coups d'ailes, il était parti avertir la Fée des lilas du drame qui se jouait dans le pré.

Il se produisit alors un grand bruit suivi d'un nuage de brume. Au milieu de cette matière vaporeuse, une belle dame s'avançait sur un rayon de feu, une baguette magique à la main. Elle alla se placer devant le félin et, d'un geste autoritaire, lui ordonna de se coucher. Puis, de sa baguette, la fée toucha la blessure de Montgomery.

Comme s'il venait de s'éveiller d'un long sommeil, le chien se leva et, d'un air enjoué, alla rejoindre sa maîtresse.

* * *

Dès leur réveil, papa et maman avaient constaté l'absence de leur fillette. Affolés, ils avaient cherché partout à l'intérieur et aux abords de la maison sans trouver la moindre trace de l'enfant. Après avoir alerté les voisins, tous ensemble ils avaient ratissé la campagne.

Dans la joie des retrouvailles, les chercheurs ne virent pas le léopard s'esquiver dans la forêt. Jamais plus on n'entendit parler de lui.

Papa et maman remarquèrent que Sabrina portait dans ses cheveux un ruban aux lueurs mystérieuses. Un cadeau de la fée sans doute. Quant à Montgomery, il arborait une marque bleutée en forme d'étoile, là où le léopard lui avait assené le terrible coup de griffe.

Ce soir-là, on fêta Sabrina et son vaillant compagnon. La maison du bonheur était bondée. Toute la parenté s'y trouvait réunie : grands-parents, oncles, tantes, cousins, cousines, sans oublier les voisins. Au centre de la grande table, trônait un énorme gâteau aux fraises. On célébra l'événement jusqu'au lever du jour.

À l'extérieur, dans le calme de la nuit champêtre, flottait une odeur de lilas. La fée veillait.

GUY PRUD'HOMME
MASSON-ANGERS (Québec)

Greta la douce

J'ai entendu dire que, depuis des siècles et des siècles, le chien abandonne sa liberté à tout jamais, quitte le monde des bêtes et devient le meilleur ami de l'homme.

Sur cette réflexion sérieuse, je me présente. Greta, bergère allemande de race fière, robe soyeuse et argentée, belle cambrure, garrot élégant, yeux bruns, vifs et pétillants, oreilles pointues, très droites, dont la sensibilité me permet de discerner à distance les cris de détresse. Parfois je fais peur; c'est heureux, ainsi on ne me marche pas sur les pieds.

Je vis entourée de béton, loin de la verdure, en laisse d'un fanal à l'autre. Rien à chasser, sauf l'ennui. Je suis malheureuse.

Cependant, un beau matin d'avril, on me demande au parloir. Je fais la belle, je fais la douce, je tends l'oreille. Eh bien oui, on m'achète! Je lance des wouf! wouf! de satisfaction. Je frôle mes nouveaux maîtres; encore quelques signatures d'usage, et nous voici en route vers la rivière Saint-Maurice, au château des Estacades.

Rendue à destination, cinq enfants me sautent au cou; je gambade avec eux sans collier, sans contrainte. J'explore cette immense forêt de conifères, d'oiseaux et de gibier. Au détour d'une allée, j'aperçois un lièvre, deux perdrix; je pense déjà aux plaisirs d'automne. C'est la fête! Le paradis!

Nous rentrons. L'heure du souper sonne au carillon. Nicolas brosse ma fourrure, Flavie me parfume et maquille mes yeux. Hector prépare une bonne portion de pâtée; j'ai droit au plat de porcelaine, car c'est dimanche. Antoine s'approche tout près, tout près et me chuchote à l'oreille : «Ici quelqu'un cache des chouettes et des éperviers dans les arbres; demain, je t'y conduirai». Emmanuel, le cadet, m'observe de sa chaise haute, peu convaincu que les bergers ne mordent pas; je devrai donc faire mes preuves.

Après le repas, les enfants font leurs devoirs sur la grande table de pin blanc. Les châtelains passent au vivoir prendre le café. je me faufile subtilement et m'avance près des haut-parleurs; on joue Bach et Rachmaninoff. Les sons aigus me gênent un peu, je préfère le chant grégorien. Vient l'heure où le soleil descend sur la clairière; la journée s'éteint, tout est pénombre. La maisonnée sommeille, et je veille allongée sur le tapis, près de la porte de service. Le museau sur mes pattes, je monte la garde : au premier bruit suspect, je préviens les maîtres. J'ai intérêt à conserver mon titre de gardienne vigilante. Je dois à mes hôtes obéissance et respect, ils sont si doux pour moi.

Aujourd'hui, je m'aventure seule sur la route du ruisseau. La terre sent bon après la pluie, les cigales chantent, juillet étale ses ciels bleus sans nuages. Je me perds dans les broussailles, je flaire tout ce qui bouge; près d'un talus, j'entends des pas. C'est un superbe schnauzer fringant et séduisant, je le suis; nous nous écartons du sentier. Me voilà heureuse, mon cœur bat vite. Enfin un copain, un ami pour partager toutes ces beautés. Nous flânons dans le bocage...

L'été passe, puis l'automne, et la ronde des saisons continue. Voici que je vous apporte une bonne nouvelle : je devrai bientôt allaiter cinq chiots, Bismark, Hans, Mercédez, Rainer et Ludwig. Franz, l'auteur de cette progéniture, me promet une niche en bois de cèdre pour abriter la famille.

* * *

Cet après-midi, je croise mes maîtres. Ils contournent l'îlot de peupliers. Mine de rien, je les suis sur la pointe des pattes. Je surprends des bribes de conversation; on vante mes qualités de bête exceptionnelle, intelligente, patiente, qui feraient de moi un excellent chien-guide pour handicapés visuels. J'ai un pincement au cœur, que va-t-il m'arriver?

Peu après, tous acceptent de se séparer de moi pour une cause si noble. Je quitterai donc mon domaine non sans chagrin. Je donnerai mes yeux à ceux qui ne verront jamais la couleur du ciel au petit matin, ni le rouge des roses et le vert tendre des pelouses au printemps.

Avant de vous quitter, je cite une phrase du maître des Estacades : «S'il vous arrive de croiser le regard d'un berger allemand, il vous atteindra jusqu'à l'âme.»

Je vous laisse, Franz et ma nichée. Je vous aime.

Greta la douce.

LORRAINE BEAUDET
VANIER (Ontario)

Le rémouleur

Il fut une époque, pas si lointaine, où les gens se rassemblaient à la veillée, autour des conteurs d'histoires. C'était à qui rapporterait les plus troublantes ou les plus exaltantes. Alexandro, le plus futé de tous, mettait tant d'emphase dans les siennes, qu'il laissait presque entendre qu'il avait connu tous les personnages. Une de ses histoires préférées était le conte du vieux rémouleur. Les paysans l'écoutaient avec grande attention. Il commençait toujours de la même manière.

Mes amis, j'ai rencontré dans mes voyages un marin qui m'a dit, un jour, avoir connu un rémouleur. Personne ne se souvenait de son nom. On l'appelait simplement le rémouleur.

Après avoir parcouru le monde, le rémouleur s'était retiré dans une région tranquille où il avait bâti sa cabane au sommet d'une colline. Tous les jours, beau temps, mauvais temps, il en descendait, ses outils sur le dos. Clopin-clopant, sa chèvre qu'on appelait Coyette, le suivait. Quand il arrivait au village, annoncé par la clochette au cou de la bête, tous les enfants accouraient. Personne ne se lassait de l'entendre raconter ses aventures. Il en rajoutait, on le savait. Pour quelques sous, le rémouleur aiguisait couteaux, ciseaux et accomplissait de menus travaux. À l'heure du repas, les paysans l'invitaient à leur table pour partager la soupe du midi. Tout le monde l'aimait bien.

En fin de journée, tous les jours à la même heure, il s'arrêtait au puits, au centre du village, pour se rafraîchir et se reposer avant de remonter chez lui.

Un après-midi de juillet, le rémouleur s'assoit et enlève le caillou qui s'est logé dans sa sandale trouée. Le soleil accablant de la journée l'a épuisé. Il a chaud. Avec peine, il tire l'eau du puits et éponge son front couvert de sueur. Il donne à boire à sa chèvre qui, elle aussi, supporte mal la chaleur. Il se désaltère à son tour quand, au fond de son gobelet, il voit un objet briller. C'est une bague en or qui, chose étrange, va parfaitement à son doigt.

Péniblement, le rémouleur se relève et se rend chez le boulanger qui lui remet toujours le pain de la veille pour sa chèvre. Il le remercie et reprend sa route.

Arrivé à sa cabane, il jette ses outils dans un coin. Il émiette le pain dans du lait et le donne à sa chèvre, puis il grignote une galette avec du fromage. Il se déchausse, ses chevilles sont enflées, et il s'allonge sur sa paillasse. Coyette se couche à ses pieds, comme chaque soir.

Sans s'en rendre compte, il tourne la bague à son doigt et se dit: «que j'aimerais être prince, avoir beaucoup d'argent pour aider mes amis, surtout les plus démunis.» Puis, il s'endort.

Durant la nuit, la bague magique réalise son souhait, changeant sa vie d'un seul coup. Le lendemain, il est réveillé par un serviteur qui tire les rideaux de sa fenêtre pour laisser pénétrer la clarté du jour.

– Altesse, dit celui-ci, on vous attend au palais.

Le nouveau prince se lève d'un bond. Il regarde partout et n'en croit pas ses yeux. Rêve-t-il? Sa cabane s'est transformée en un immense château. Il cherche sa chèvre, elle n'y est plus. Pourtant, dans un coin, ses outils de rémouleur s'y trouvent toujours. Avec dédain, il les prend du bout des doigts et les jette au dehors.

Après avoir revêtu ses habits d'apparat, le prince, gonflé d'orgueil, se rend au palais. Il se pavane dans les rues du village. Les enfants, émerveillés à la vue de ce prince dans son magnifique carrosse, accourent et veulent le toucher.

– Petits voyous, s'écrie le prince. Vous faites peur aux chevaux, éloignez-vous!

Devenu hautain, il ne regarde plus ses amis. Il se sent tellement supérieur. Le prince a oublié...

Les jours suivants, tout le monde se sauve à son approche. Les enfants se cachent pour lui lancer des pierres. Personne ne connaît ce mauvais prince. D'où vient-il? Pourquoi est-il venu déranger la paix du village?

Très vite, le prince devient seul, triste et malheureux. Déçu de l'accueil qu'on lui réserve, il vient un jour s'asseoir au bord du puits. Julien, le plus hardi des enfants, s'approche et lui demande :

– Monsieur le prince, avez-vous vu notre rémouleur?

– Vous l'aimiez?

– Il était l'ami de tous. Un matin, sans rien dire, il a disparu. Depuis votre arrivée, nous ne l'avons plus revu et nous en sommes très peinés. Dites, vous savez où il est?

Le prince baisse les yeux un moment et répond :

– Si je te disais que je suis celui que vous cherchez.

– Non monsieur, ce n'est pas possible. Vous ne lui ressemblez pas du tout. Lui, il aimait tout le monde. Même pauvre, il était charitable. Et sa Coyette était si mignonne. Elle nous manque.

Craignant la colère du prince, Julien se lève et, avant de le quitter, lui dit :

– Monsieur, partez, allez-vous-en. On ne veut pas de vous ni de votre argent ici. Depuis votre arrivée, on ne trouve que haine et discorde au village.

Et le garçon se sauve en courant.

Le prince, malheureux, se rend compte que Julien a raison. Que lui ont apporté la richesse et le prestige s'il a perdu tous ses amis? Il regrette sa chèvre et le rire des enfants. «J'étais si bien au milieu des villageois. Comme je voudrais redevenir celui d'autrefois.»

Il tourne la bague, l'enlève, la regarde une dernière fois et la jette au fond du puits. À l'instant même, il redevient le

42

rémouleur qu'on avait connu, courbé sous le poids des années, cheveux blancs et sandales percées, sa chèvre endormie et ses outils à ses côtés.

En l'apercevant, les enfants se précipitent et l'enlacent.

– Ne nous quittez plus jamais. Vous nous avez tant manqué, disent-ils, ravis d'avoir retrouvé l'âme du village.

Ainsi s'achève le récit du rémouleur, disait Alexandro, pendant que tous ses auditeurs le regardaient, émus et séduits.

CÉCILE PILOTTE
GATINEAU (Québec)

II.

Quand le sort se révèle

La vallée aux chimères

Il était une fois une vallée habitée par des gens simples et bons... et superstitieux. On y respectait toutes sortes de croyances; on s'y plaisait à raconter des histoires de fantômes et de revenants, d'apparitions nocturnes dont la plus célèbre était celle du spectre à deux têtes humaines. Il y a bien longtemps, en effet, un jeune homme, dans un accès de jalousie, avait tranché la tête d'un rival amoureux. Peu après, une deuxième tête avait poussé au meurtrier. Il en mourut. Était-ce le châtiment du ciel? Aujourd'hui il continue de hanter la vallée, et rôde près de l'église et du cimetière. À cheval, la nuit, il part à la recherche de son rival pour lui remettre sa tête. On le voit passer en coup de vent, car il doit être de retour au cimetière avant l'aube.

Au village, vivait Hervé Lagrue. Grand de taille, long de jambes et de bras, étroit d'épaules, le visage terne percé de petits yeux gris, il ressemblait à une girouette. Maître d'école de cet endroit paisible, il passait pour rigoureux, autoritaire même. Il se servait parfois de la verge pour corriger les garnements, mais c'était pour le bien de l'enfant qui s'en souviendrait et le remercierait un jour. Étant donné son maigre revenu, il devait accepter l'hospitalité des fermiers dont il instruisait les enfants. Il demeurait une semaine chez chacun d'eux. Ses effets personnels tenaient dans un baluchon. Notre homme savait se rendre utile en offrant ses services pour faire les foins, réparer une clôture, couper le bois pour l'hiver, et même bercer les marmots.

Hervé Lagrue occupait en plus la fonction de maître de chant pour les cérémonies à l'église. Les habitants du village l'estimaient; les femmes surtout appréciaient ses belles manières.

Il emmenait des jeunes filles en promenade, le dimanche, pendant que les jeunes gens du pays restaient derrière, penauds, enviant son savoir-faire.

Parmi les personnes rassemblées pour la répétition hebdomadaire des psaumes se trouvait Bella Larose, âgée de dix-huit ans, fille unique du plus riche fermier des alentours. Taille fine, joues vermeilles et longs cheveux dorés, Bella trouva rapidement grâce aux yeux d'Hervé. La grange de son père, Prospère Larose, était si vaste qu'elle aurait pu servir d'église. Et que dire de sa maison, solidement bâtie sur la colline dominant prairies et vergers. Hervé laissait errer son regard sur cette opulence, et son cœur soupirait après la belle héritière du domaine. Il lui fallait gagner l'affection de Bella et se mesurer à des adversaires déterminés.

Le plus redoutable de tous était un gaillard corpulent reconnu pour sa force, ses qualités d'habile écuyer et son espièglerie. Il aimait jouer des tours. Hercule Malabar, malgré l'expression brutale de son visage, pouvait aussi être galant. Il avait su attirer l'attention de Bella, laquelle, murmurait-on, n'avait pas découragé ses espoirs. Aussi ses rivaux s'étaient-ils finalement retirés.

Sa fonction de maître de chant permettait à Hervé de rendre de fréquentes visites à la ferme. Connaissant la supériorité physique d'Hercule, qu'il n'aurait pas aimé affronter, il faisait discrètement la cour à Bella. Or Hercule veillait.

Un joyeux rassemblement s'organisa à la ferme des Larose. Une invitation parvint à Hervé, qui laissa partir ses élèves plus tôt cette journée-là, afin de se préparer. Il brossa longuement son unique habit d'un noir vermoulu, emprunta un cheval et se mit en route.

La maison des Larose était envahie par les gens du pays. Des jeunes filles s'affairaient autour d'un buffet où s'amoncelaient pâtés de foie gras, poulets rôtis, tranches de jambon et de bœuf fumé, gâteaux et tartes aux fruits de la saison. Hervé fit copieusement honneur à ce festin et, au son du violon, entraîna Bella dans la danse. Seul dans son coin, Hercule se mourait de jalousie.

Les réjouissances arrivèrent à leur terme et le lieu redevint calme et désert. Hervé s'attarda auprès de Bella, convaincu d'avoir gagné son cœur. On ne sait ce qui se passa, mais, lorsque le maître d'école sortit, il était triste et déconfit. Bella la coquette lui avait-elle joué un tour? Le pauvre se rendit à l'écurie, administra rageusement des taloches à son cheval, l'enfourcha et, le cœur lourd de chagrin, prit le chemin du retour.

Aucun bruit ne venait troubler le silence de cette nuit noire. Les histoires de fantômes qu'Hervé avait entendues l'après-midi lui revenaient en mémoire. Il frissonnait en les évoquant. Il lui fallait maintenant emprunter le chemin de l'église et du cimetière. L'amoureux éconduit eut peur tout à coup. Se ressaisissant, il se mit à siffler pour se donner du courage. Il lui sembla un instant qu'on répondait à son sifflement...

Soudain, un cheval au galop le dépassa sur le sentier étroit. Qui était donc le cavalier téméraire qui le montait? Hervé tremblait, lui si brave d'ordinaire. À un détour de la route, une tache claire parmi les arbres le stupéfia. Quelqu'un était là, le cavalier qui l'avait frôlé... l'homme à deux têtes, il en était sûr! Glacé de frayeur, il s'arrêta et s'entendit faiblement prononcer ces mots: «Qui êtes-vous?» Pour toute réponse, il vit l'inconnu arracher quelque chose de son col et le lui lancer à la figure. L'objet le frappa, il en perdit son chapeau. Puis, le revenant, droit sur sa monture, passa en trombe.

Le lendemain matin, on découvrit un cheval qui broutait, mais pas d'instituteur au petit déjeuner, ni à l'école où l'attendirent en vain ses élèves. On entreprit des recherches qui menèrent à la découverte d'empreintes de sabots, du chapeau d'Hervé et... d'un melon éclaté. Après bien des spéculations, on en vint à la conclusion qu'Hervé avait été enlevé par le spectre à deux têtes.

Quant à Hercule Malabar, il épousa Bella Larose peu après la disparition d'Hervé. Et quand il entendait raconter l'enlèvement de ce dernier, il ne pouvait s'empêcher de sourire...

RITA CAUCHY
GATINEAU (Québec)

Énigme

Vingt et une heures. Le bruit sourd continuait... Enfin, le téléphone résonna comme un coup de tonnerre amplifiant cet agacement sournois qui vous tenait déjà en suspens.

N'osant soulever le récepteur, Lise hésite... hésite encore... Finalement, d'une voix haletante, elle murmure : «Allô?»

– Allô, toi! Tu es seule, ce soir, à attendre la nuit noire... la grosse noirceur. Écoute : c'est moi, ce petit bruit sourd continuel qui t'agace. Ah! Ah! Cherche bien et tu trouveras.

Bang! retentit le téléphone. À bout de nerfs et d'angoisse, Lise se recroqueville au fond d'un vieux fauteuil qui l'accueille les bras tendus.

Quelle voix mystérieuse et intrigante vient-elle d'entendre? Par l'entremise de cet instrument magique, qui peut chanter juste ou faux, elle cherche le fil conducteur de ses émotions.

Lise est d'une nature plutôt positive. Pourquoi, alors, une telle réaction? Pourquoi cet incident lui est-il devenu insoutenable? Au fond de son gîte, elle se met à réfléchir. Voyons, Lise, qu'est-ce qui te bouleverse?

L'inertie et la solitude, double silence qui augmente le poids des choses, même invisibles, en créant illusions et chimères... «Quand j'ai soulevé le combiné après tant de retard, pensa Lise, le téléphone s'était débranché. La voix que j'ai entendue n'était-elle pas bel et bien le fruit de mon imagination? Au fait, qu'est devenu ce petit bruit insolite? Changé de place! De l'extérieur, il s'est installé dans mon for intérieur. Oui, je me suis laissée envahir par mille et une pensées, de sombres pensées. Ces malheurs, c'était hier. À jamais perdu, inaccessible. Pourquoi le réveiller de ses cendres? Oublions ce troublant hier puisque, demain, je renaîtrai avec la clarté de l'aube et m'épanouirai dans la sérénité et l'espérance d'un beau jour.»

Le bruit sourd s'est subitement éteint, métamorphosé, pour aller rejoindre les vieilles lunes éphémères des rêves indéchiffrables!

Lise s'est endormie paisiblement dans le creux douillet du vieux fauteuil chaleureux... comme on se blottit dans les bras chauds d'un ami fidèle.

JULIENNE CLAIROUX
ORLÉANS (Ontario)

Le jeton maléfique

L'homme marchait la tête baissée, comme il en avait pris l'habitude depuis longtemps. Il ne regardait pas où il allait, peu lui importait. D'ailleurs, toutes les rues se ressemblaient, elles ne conduisaient nulle part.

Il s'apprêtait à traverser la chaussée quand un objet rouge, parmi les détritus grisâtres semés le long du trottoir, attira son attention. Tout d'abord, il crut qu'il s'agissait d'une feuille tombée d'un érable. L'automne était là depuis quelques semaines. Non, ce n'était pas une feuille. Sa vue était mauvaise, conséquence sans doute d'un excès d'alcool frelaté.

L'homme se pencha lentement et récupéra, de ses doigts gourds, un petit sac rouge qu'un lacet doré fermait. Quand il réussit à l'ouvrir, un jeton glissa dans sa main : «Casino – cinq dollars», lut-il avec difficulté sur la rondelle de plastique. Depuis longtemps, il n'avait pas été aussi riche. Il enfouit sa trouvaille dans une poche de son pantalon et continua d'arpenter les rues de la ville. Fatigué, il s'assit sur un banc du parc municipal. Tout à coup, une odeur de frites lui chatouilla les narines. Chaque midi, Sam Covacs, un marchand ambulant, venait installer sa camionnette-cuisine aux abords du parc, afin de servir les nombreux fonctionnaires qui ne tardaient jamais à se présenter. L'homme s'avança vers le véhicule. Il connaissait bien le propriétaire.

– Comment ça va, Bob?

– Pas mal, Sam, mais j'ai comme une petite douleur là, à l'estomac. Je pense que c'est la faim.

– Mon pauvre Bob, as-tu de l'argent aujourd'hui? Tu comprends, je ne peux pas me permettre de te nourrir gratuitement tous les jours. J'ai une famille à faire vivre.

Par la fenêtre de la camionnette, Sam regardait le clochard avec sympathie. Au bout d'un moment, sans en être vraiment conscient, un autre visage, le sien, se superposa à celui de Bob.

Quelque quarante ans auparavant, dans un pays dévasté par la guerre, des hommes et des femmes, en haillons, erraient d'une ville à l'autre, épaves humaines essayant de survivre. Pendant plusieurs mois, Sam avait été lui-même une de ces épaves. Il n'avait pas oublié cette période de sa vie. Il soupira doucement et s'apprêtait, encore une fois, à servir gratuitement un sac de frites à Bob, lorsque celui-ci lui mit un objet dans la main.

– Sam, regarde ce que j'ai trouvé. Je te le donne.

– Qu'est-ce que tu veux que je fasse d'une chose pareille?

Sam secoua le petit sac rouge et le jeton faillit tomber dans l'huile bouillante, mais il le rattrapa à temps et l'examina.

– Un jeton de casino? S'il y a un endroit sur terre où je ne mettrai jamais les pieds, c'est bien dans un casino. Il faut être complètement fou pour risquer de perdre l'argent durement gagné.

De plus, se dit Sam, j'ai assez de supporter la passion de ma femme pour le bingo, les loteries et surtout les machines à sous du Casino. Heureusement que je suis là pour lui faire entendre raison.

Les clients se pressaient de plus en plus nombreux au comptoir de la camionnette et Sam, presque sans y penser, mit le jeton dans sa poche. Bob retourna à son banc, où il savoura lentement ses frites.

Le soir venu, comme d'habitude, Sam déposa le contenu de ses poches sur la commode de la chambre à coucher, avant d'aller au lit. Marie-Jeanne, sa femme, dormait déjà.

Le lendemain matin, pendant qu'il se rasait, il faillit se couper en entendant une nouvelle diffusée à la radio locale.

«Un itinérant est trouvé mort sur un banc du parc municipal. La police ne connaît que son prénom, Bob.»

«Pauvre diable, soupira Sam, reprenant machinalement ses clés et son argent avant de descendre déjeuner. «Quelle tristesse... il n'avait sans doute pas de famille. Mais où donc est passé le petit sac qu'il m'a donné hier? L'aurais-je perdu? Non, je me souviens fort bien de l'avoir mis là sur cette commode à côté de mon argent et de mes clés.»

Soudain, rouge de colère, Sam dévala l'escalier et surgit dans la cuisine où sa femme déjeunait. Sans même lui dire bonjour, il se planta devant elle :

– Remets-moi immédiatement le petit sac rouge que tu as pris sur la commode.

Marie-Jeanne, une rôtie à la main, regardait son mari d'un air éberlué.

– Voyons, Sam, de quoi parles-tu? Je ne comprends rien à ce que tu dis.

– Marie-Jeanne, tu mens. Tu as pris le sac contenant un jeton du Casino et tu as l'intention de t'y rendre aujourd'hui. Pourtant, tu connais mes idées sur le jeu. Je t'interdis d'y aller.

La voix de Sam s'était gonflée jusqu'à devenir menaçante.

Marie-Jeanne faillit s'étouffer et, furibonde, se leva de table.

– Écoute-moi bien, Samuel. Je t'aime, mais il y a longtemps que j'en ai assez de ta façon de me traiter comme si j'étais une petite fille. Là, tu as dépassé les bornes. Je m'en vais. Arrange-toi tout seul.

Sam haussa les épaules. Quelques minutes plus tard, il dut se rendre à l'évidence. Médusé et incrédule, il vit, par la fenêtre, sa femme lancer sa valise dans l'automobile neuve qu'il venait d'acheter et la voiture disparaître au coin de la rue.

Pendant ce temps, l'objet de la dispute gisait au fond de la poche du vieux jean tout délavé que portait Jacques Covacs. Comme tous les adolescents, il était toujours à court d'argent, l'allocation hebdomadaire qu'il recevait de son père ne suffisant jamais. Il avait donc pris l'habitude, avant de quitter la maison très tôt le matin, d'entrer en catimini dans la chambre

55

de ses parents encore endormis, et de rafler quelques pièces de monnaie traînant sur la commode. Il appelait ça «faire un emprunt sur son héritage». Ce matin-là, un bruit venant du lit de ses parents l'avait effrayé et, dans la pénombre, il avait saisi à la hâte un petit sac.

Dans l'autobus scolaire, Jacques fit la grimace en examinant son butin. «Bah! un jeton du Casino. Pas très utile pour moi.» En descendant, il aperçut Jim Leroy, un grand gaillard de dix-huit ans, nonchalamment appuyé sur la clôture de la cour de l'école. Celui-ci lui fit un signe de la main.

– Ouais, t'as vraiment pas l'air en forme à matin. T'aurais besoin de queq'chose pour te remonter. Veux-tu un joint?

– Pas d'argent aujourd'hui, marmonna Jacques.

– Je peux toujours te faire crédit jusqu'à demain.

– O.K. Attends donc. Qu'est-ce que tu dirais d'un jeton du Casino qui vaut cinq dollars?

Et la cigarette de marijuana alla rejoindre les livres de Jacques dans son sac à dos.

Or, ce matin-là, la direction de l'école, décidée à enrayer le fléau de la drogue, obligea chaque élève à vider son sac à dos devant son professeur. Pauvre Jacques! La perspective d'expliquer à son père les raisons de sa suspension d'une semaine lui donna des frissons.

Jim, le nouveau propriétaire du petit sac rouge, décida de laisser tomber ses cours, encore une fois, et de se rendre au Casino afin d'encaisser le jeton et, qui sait, peut-être gagner le gros lot des machines à sous. Il accrocha le petit sac au rétroviseur de la voiture de sa mère et, comme toujours, conduisit trop vite. Distrait, rêvant aux richesses qui l'attendaient, il ne vit pas le camion qui brusquement lui barra la route. Son auto le percuta. Projeté sur une pelouse, il se retrouva étendu, inconscient, un bras et une jambe cassés. La voiture prit feu.

Une vieille dame déclara aux enquêteurs que, du balcon de son appartement, elle avait été témoin de l'accident. Elle affirma qu'elle avait vu sortir, de l'automobile en flammes, un personnage de rouge et de noir vêtu courant vers le boulevard du Casino. Pourtant, lorsque Jim Leroy reprit conscience, il jura aux policiers qu'il avait été le seul occupant du véhicule accidenté.

Le lendemain matin, un jeune homme bien mis, porte-documents à la main, s'apprêtait à traverser l'intersection où s'était produit l'accident. Dans la poussière de la rue, un objet attira son attention. Il se pencha, ramassa un petit sac rouge fermé par un lacet doré. Comme il était en retard, il le glissa machinalement dans la poche de son manteau et continua son chemin en sifflotant.

JACQUELINE GOYETTE
HULL (Québec)

L'histoire d'une jeune fille appelée Manta

Il était une fois une jeune fille fort belle appelée Manta. Celle-ci vivait, avec sa grand-mère très malade, dans une maisonnette perdue au fond des bois. Depuis que la pauvre femme était alitée, Manta subvenait à leurs besoins.

Chaque soir pour se rendre à son travail, l'orpheline, une sombre douleur au fond de la poitrine, traversait la forêt noire et touffue. Les nuits de pleine lune, il lui semblait entendre hululer des fantômes. Son cœur battait à tout rompre et, pour oublier sa peur, elle rêvait d'un prince charmant qui l'emporterait comme Cendrillon vers une vie meilleure.

Depuis longtemps déjà, afin de gagner un peu d'argent, Manta, sur la scène d'une taverne du village voisin, dansait. Au son d'une musique aux accords lourds et rythmés, elle exhibait ses charmes devant une bande de loups gloutons. Innocente et belle comme une fleur, elle les envoûtait tous.

Ce soir, le rideau s'entrouvre. Vêtue d'une cape rouge coquelicot, la tête recouverte d'un petit capuchon de la même couleur, un panier d'osier au bras, Manta apparaît. Elle marche, marche, de gauche à droite sur les planches sans mot dire. Timidement, elle se déhanche puis s'arrête. Elle fixe les spectateurs, prend une grande respiration et, d'une voix forte :

– Ah! que c'est loin chez mère-grand.

Lentement, elle dépose son panier, enlève sa mante, la met sur une chaise. Les loups la guettent.

– Vous avez de bien grands yeux, leur dit-elle.

– C'est pour mieux te voir, s'écrient-ils, se frappant les pattes.

Manta continue de marcher de long en large.

«Promène-toi dans les bois
tandis que les loups sont là»
chante l'assistance. Pour oublier sa quasi-nudité, la pauvre fille
laisse vagabonder son esprit. Elle se revoit enfant en sécurité
dans les bras de sa maman, celle-ci lui racontant son conte
préféré, Le petit chaperon rouge.

Une deuxième fois, elle s'arrête :

– Comme vous avez de grands bras!

– C'est pour mieux t'enlacer, font les loups en chœur.

Après ce qui lui semble avoir été une éternité, Manta se
dirige enfin, sourire collé aux lèvres, vers la sortie. Au moment
de s'évader dans les coulisses, elle lance:

– Comme vous avez de grandes dents...

Lycan était venu depuis des semaines admirer Manta. Pas
un instant ce soir, blotti au fond de la salle, il ne l'avait quit-
tée des yeux. «Voilà une femme pour moi, se disait-il, elle est
si belle et si appétissante!»

* * *

La lune a disparu. Il fait un noir d'encre. La forêt, d'habitude silencieuse, bruit de craquements inquiétants. Manta, sur
le chemin du retour, regarde constamment derrière elle. Soudain, un frôlement à l'épaule la fait frémir.

– N'ayez crainte, Mademoiselle, c'est moi, Lycan, votre fidèle
admirateur. Je ne vous veux aucun mal.

Trop saisie, Manta essaye de parler mais les mots ne viennent pas. Pour la rassurer, Lycan enlève le chapeau à large
bord qui lui cachait le visage.

– M'auriez-vous pris pour un fantôme?

Manta reconnaît alors celui qui fréquente régulièrement
la taverne. Elle soupire de soulagement. Il est d'une grande
beauté et ses yeux brillent comme des charbons ardents.

– Permettez, mademoiselle, que je vous raccompagne. Nous prendrons un raccourci et votre grand-mère se réjouira de vous voir arriver plus tôt.

Or, Lycan a une autre idée en tête...

«Voilà un mets bien jeune et bien tendre, un vrai régal. Il faut que je m'y prenne adroitement pour l'attraper.»

Manta, oubliant les conseils de son aïeule – ne pas s'écarter de sa route et ne pas parler à des étrangers –, poursuit son chemin en compagnie de Lycan.

Ils marchent longtemps. Le vent s'élève, dissipe les nuages et la pleine lune apparaît. Manta entend tout à coup un gémissement. Horreur, Lycan se métamorphose en un loup noir aux crocs luisants et cruels.

Un cri de frayeur s'échappe de la bouche de Manta. Tout devient flou. Un chien aboie. Une voix appelle. Au moment où le loup s'élance, haletant et hurlant, Manta perd connaissance. Lorsqu'elle revient à elle, un chasseur la soutient dans ses bras.

– Il y a bien longtemps que je le traquais ce loup-garou, dit-il. J'avais mis, dans ma bandoulière, une balle bénite, trempée dans de l'argent.

– Merci, monsieur le chasseur, murmura Manta, vous m'avez sauvé la vie. J'ai eu si peur.

– Maintenant, suivant la coutume, il me faut ouvrir le ventre de cet animal.

Aussitôt fait, Lycan surgit du loup-garou et dit :

– Enfin, je suis libéré de ce terrible sort!

Dans la nuit, au clair de lune, des larmes montent aux yeux de Manta. Les jeunes gens peuvent enfin se dire leur amour.

YVONNE MONTREUIL
HULL (Québec)

Le brin d'herbe

Il y a bien longtemps, dans un lointain village, vivaient Alphonse Latrémouille et sa femme. On appelait cet endroit Arrache-Cœur, à cause de son sol aride et sec.

Depuis belle lurette, monsieur Latrémouille, charpentier bâtisseur de son métier, ne maniait plus le marteau pour les travaux importants. Cependant, malgré son âge avancé, il continuait à travailler, par amour de son art. À une époque, sa réputation lui avait valu la renommée de meilleur artisan du pays. Sur chacune de ses œuvres, il inscrivait ses initiales dans un demi-cercle.

Un matin, il prend la route. Poussé par une force irrésistible, il se retrouve plus loin qu'il ne l'avait souhaité. À midi, au moment où le soleil darde ses plus chauds rayons, il sent le besoin de se reposer. Il ne connaît pas cet endroit isolé. Où est-il? Il est inquiet. Une construction attire son regard. «Pas possible! s'exclame-t-il. Une grange... une grande maison au milieu d'un désert?» Il approche lentement. Quelle surprise! C'est une vieille église abandonnée qui tombe en ruines. Il y entre et se fraie un chemin à travers les toiles d'araignées. La lumière du jour pénètre par un trou dans la toiture. Tout est à l'abandon. Latrémouille époussette un banc et s'assoit.

Quel sacrilège, pense-t-il, en regardant autour de lui. Cette pauvre église a dû connaître des jours meilleurs. Le souvenir de la belle église, bâtie de ses mains dans sa jeunesse, lui revient. Il se rappelle le temps où l'on venait de tous les coins du pays pour prier. Que de belles cérémonies religieuses on y avait célébrées!

Soudain, un bruit le surprend et le sort de sa rêverie. Dans un grincement, une porte s'ouvre. Un vieil homme à la tête blanche entre d'un pas chancelant. Avec respect, il enlève sa casquette, s'approche et dit:

– Salut, maître, je vous attendais depuis tant d'années... Je savais bien qu'un jour vous viendriez rebâtir votre église.

– Mon église! s'exclame le charpentier.

Qui est l'homme qui lui parle en toute familiarité? Il cherche dans sa mémoire... Oui, il le reconnaît, c'est Zéphir, le vieux bossu qu'on avait surnommé le rat du clocher.

– Zéphir, c'est toi? Tu dois avoir plus de cent ans. N'étais-tu pas le bedeau? Tu veux dire que ceci est ma belle église? Je ne l'aurais jamais reconnue. Dans quel état elle se trouve!

Le bedeau, le cœur brisé, répond les larmes aux yeux:

– Au fil des années, les gens ont abandonné les églises. Celle-ci aussi a subi les ravages du temps. Venez, maître.

Le prenant par le bras, il l'amène au tabernacle et lui montre ses initiales gravées à l'intérieur. Latrémouille, la voix brisée par les sanglots, s'exclame:

– Zéphir, Zéphir, c'est mon chef-d'œuvre! J'ai plus de soixante-quinze ans, je suis trop vieux pour tout recommencer. Je ne puis plus travailler en hauteur, j'ai le vertige. Regarde, mes mains tremblent. Je suis pauvre, je n'ai pas un sou et bâtir coûte cher.

– Pourquoi vous inquiéter? Retournez chez vous. Avant le coucher du soleil vous aurez trouvé la solution et plus d'argent qu'il ne vous en faut.

Confiant malgré ses doutes, le charpentier prend le chemin du retour. Il repasse dans sa tête les émotions qu'il vient de vivre. A-t-il rêvé sa rencontre avec le bedeau? Zéphir est mort depuis longtemps, il en est certain. Soudain, il voit la charrette du forgeron qui vient vers lui.

– Latrémouille, où étiez-vous? Nous vous cherchons partout. Montez, votre femme se meurt d'inquiétude.

– Joe, écoute bien ce qui m'arrive. C'est incroyable...

Frappé par le récit qu'il vient d'entendre, le forgeron répond d'un air sérieux:

- Je vous crois, il n'y a pas plus honnête que vous. Je suis fort, dit-il en montrant ses muscles. Vous pouvez compter sur moi.

Arrivé à la maison, Latrémouille raconte son aventure à sa femme.

– Mon pauvre chéri, je veux bien te croire, mais...

Latrémouille se sent humilié. Il veut tout oublier de cette histoire.

– Tu as raison mon Eugénie, on me prendra pour un vieux fou. Je serai la risée de tous.

– Ne t'en fais pas, on oubliera vite. Moi, je serai toujours à tes côtés, répond-elle, le prenant par le cou.

Comme au temps de leur jeunesse, ils vont se promener au jardin. Main dans la main, le vieux couple, en silence, contemple le jour qui s'achève. Le soleil descend lentement; avant qu'il disparaisse, Latrémouille est distrait par un brin d'herbe qui se dandine à ses pieds pour attirer son attention. Tout à coup, il l'entend dire :

– Prends-moi et sers-toi de ton imagination.

Latrémouille ne doute plus. Dans son atelier, il confectionne une boîte à l'aide de quelques planchettes. À l'intérieur, il dépose le brin d'herbe qui frissonne toujours, puis il rabat le couvercle.

Pendant ce temps, le forgeron arrive au village et raconte l'aventure de Latrémouille. Tous veulent travailler à la restauration de l'église. Le lendemain, de très bonne heure, une foule attend déjà à la porte du charpentier. Latrémouille sort et annonce :

– Mes amis, cette boîte renferme un secret. Pour connaître son contenu, il en coûtera un écu à chacun.

On se bouscule. Le maire s'approche et dit avec autorité :

– À moi d'entrer le premier.

On le laisse passer. Il paie son écu, puis on entend son gros rire résonner loin dans la foule. Sorti de la maison, il rit toujours en montant dans sa calèche.

– Dites, monsieur le maire, qu'avez-vous vu dans la boîte, quel mystère renferme-t-elle?

– Payez et vous le saurez, dit-il en s'éloignant.

Cette invitation stimule davantage la curiosité. Tout le monde paie son écu, soulève le couvercle et regarde à l'intérieur. Personne ne dévoile le secret. Celui qui s'est laissé prendre compte bien que les autres soient pris à leur tour. L'avaricieux du village voudrait connaître le secret sans payer. La curiosité l'emporte, il sort un écu de sa besace. Il rira à pleines dents pendant deux jours. On vient de tous les coins du pays, on repart en s'esclaffant.

En peu de temps l'argent est amassé et la restauration de l'église peut commencer. Chacun contribue selon ses talents. Tout le temps que durent les travaux, Latrémouille, malgré son âge, dirige le chantier avec ardeur.

Au bout de deux années, l'église est terminée et tout Arrache-Cœur s'y presse le dimanche.

Devant ce nouveau chef-d'oeuvre, encore plus beau que le premier, le village se réunit pour la bénédiction de la cloche. Le curé invite le charpentier à apposer son sceau. Le vieux bâtisseur décline l'honneur qui lui est fait. L'église n'est-elle pas l'œuvre de tout un village?

Latrémouille lève les yeux; dans un vitrail il lui semble voir le visage du bedeau qui sourit.

On cherche le charpentier pour le féliciter. Il n'est plus là. Il est entré dans la légende.

CÉCILE PILOTTE
GATINEAU (Québec)

La Chêneraie

On lui avait dit qu'en une heure, une heure et demie au plus depuis l'arrêt de l'autobus, il atteindrait la Chêneraie, vieille demeure isolée à flanc de colline. Celle-ci avait longtemps appartenu à la famille du défunt, Aldège Latour, son oncle, dont il était l'unique héritier.

L'oncle avait été marié autrefois à une très jolie femme. On raconte qu'au bout de quelques années de coexistence, parsemées de disputes au sujet de tout et de rien, le mari, fort soupçonneux, avait chassé sa femme qu'il accusait d'adultère. Réduite à la misère, la pauvre était morte quelques années plus tard.

Enfin, lui, Yvan Latour, un propre à rien, un paresseux sans ambition qui avait toujours vécu aux dépens des autres, allait devenir propriétaire. Cette demeure lui appartiendrait dorénavant. C'était son tour!

D'un pas résolu, Yvan prit la route que lui avait indiquée le notaire. Quittant la rue principale au bout du village, il pénétra dans un boisé par un étroit sentier de terre battue. Des embûches l'attendaient presque à chaque pas : branches cassées qu'il fallait relever, ruisseau à moitié protégé par des planches défoncées... Il devait aussi poser les pieds avec précaution, pour ne pas glisser sur la pente difficile à gravir. Il suait à grosses gouttes. Heureusement qu'il avait de quoi se désaltérer dans son sac à dos, lequel commençait à peser lourd. Par prudence, il s'était muni de quelques outils, d'un peu de nourriture et d'un sac de couchage, au cas où il aurait à passer la nuit dans la vieille demeure.

Enfin, Yvan arriva à la Chêneraie. Aucun doute possible, c'était bien la maison apparaissant sur la photo remise par le notaire, mais combien moins attrayante. Des volets défraîchis pendaient de travers, plusieurs carreaux manquaient aux fenêtres, les murs extérieurs étaient délabrés, l'herbe haute. Déçu par le spectacle qui s'offrait à lui, il mit la clé dans la porte avant, qui s'ouvrit dans un grincement sinistre. Peureux de nature, il hésita à entrer. S'il y avait quelqu'un...

À sa grande surprise, la salle où il pénétra lui parut bien rangée. Un coup d'œil jeté aux autres pièces lui permit d'apprécier la propreté des lieux, comme si la demeure était toujours habitée. Or, il savait que personne n'y avait mis les pieds depuis longtemps. Lui qui croyait découvrir l'intérieur dans un état lamentable s'en trouva fort content.

Brisé de fatigue, il déposa son bagage sur le plancher et se laissa choir lourdement sur la berceuse qui trônait au milieu du salon... pour se retrouver à terre, les quatre fers en l'air. Il avait basculé, comme si quelqu'un l'avait tiré par derrière. En sacrant – notre homme était plutôt vulgaire –, il redressa la chaise, s'y installa confortablement et s'endormit. Quelque chose le réveilla au bout de dix minutes à peine, un souffle froid, là, sur sa nuque, une fois, deux fois, trois fois. Il se leva d'un bond, pensant avoir rêvé, mais même debout, la sensation persistait comme si on lui soufflait dans le cou.

Puis, c'est son sac à dos qui se mit à bouger, par devant, par derrière... Était-il tombé sur une maison hantée? Pris de panique, il s'enfuit à la cuisine; il avait besoin d'eau froide sur la figure pour reprendre ses esprits. Un petit rire saccadé se déplaçait autour de lui et, comme il ouvrait le robinet, il sentit une main passer vigoureusement dans sa chevelure.

C'en était trop! Ramassant ses affaires, il sortit précipitamment de la maison et, sans se retourner, reprit à toute allure le chemin du retour. Au diable l'héritage, il ne resterait pas une minute de plus dans ce refuge où régnait un fantôme.

Il disait vrai, la maison était bel et bien habitée par un fantôme, celui d'Aurélie, l'épouse châtiée. Maintenant qu'elle avait le champ libre depuis la mort de son mari jaloux, elle était revenue prendre possession de la demeure qui lui revenait de droit. Elle ne permettrait à personne de se l'approprier. Dans ce lieu isolé et ignoré de tous, ou presque, son esprit coulerait les jours heureux dont son époux l'avait privée de son vivant. L'aspect extérieur du domaine lui importait peu; tant mieux s'il faisait fuir les indésirables.

Yvan Latour retourna chez lui comme il était venu. Il fit part de sa mésaventure à ses amis, mais aucun d'eux ne voulut le croire.

– Allons donc, c'est une histoire à dormir debout. T'as trop d'imagination, mon vieux, faudra te faire soigner!

Persuadé pourtant de n'avoir pas rêvé, après maintes supplications il finit par convaincre deux incrédules de l'accompagner pour une seconde visite à la maison dite hantée. Par une fraîche journée d'automne, trois jeunes hommes partirent donc en direction du village où se trouvait la Chêneraie. Le sentier qui y conduisait ne parut pas trop pénible aux gais lurons, qui se moquaient joyeusement d'Yvan et de ses balivernes.

– Le gros méchant fantôme va nous jeter à terre, nous chatouiller, nous chercher des poux dans les cheveux, ah! ah! ah!

Les trois amis arrivèrent à la Chêneraie au crépuscule. Avant d'y entrer, ils risquèrent un œil par la fenêtre donnant sur le salon. Ce qu'ils constatèrent alors les estomaqua. Un feu flambait dans la cheminée et des chandelles éclairaient la pièce. Pire. De la musique endiablée et des bruits de talons claquant sur le plancher de bois... On dansait et des rires de femmes fusaient de tous côtés. Soudain, la porte avant s'ouvrit avec fracas. Des coups d'un bâton invisible se mirent à pleuvoir sur le dos des malheureux indiscrets qui, effrayés, s'enfuirent à toutes jambes. Yvan avait dit vrai, la maison était hantée.

Qui étaient donc ces diablesses en goguette? Les invitées d'Aurélie? Des femmes qui, comme elle, avaient vécu une existence misérable et qui se donnaient rendez-vous de temps en temps pour savourer, enfin, les joies terrestres dont on les avait privées?

Le mystère persiste.

RITA CAUCHY
GATINEAU (Québec)

Le don

À sa naissance, Marie-Lune avait déjà une dent. Très superstitieuse, sa grand-mère fit son signe de la croix et déclara :

– Cette enfant aura un don!

On rappela alors à la grand-maman que le temps des sorcières était révolu et que personne ne croyait plus à ces pouvoirs spéciaux.

Au long des années, on s'aperçut tout de même que l'enfant pouvait deviner certaines choses avant qu'elles ne se produisent. Ainsi, sans lever le combiné du téléphone, elle dévoilait le nom de la personne au bout du fil. Elle prenait aussi plaisir à révéler le titre d'une chanson, que la radio allait jouer, avant que l'annonceur ne le dise.

À sept ans, Marie-Lune interprétait tous les besoins de Bien-Aimé, son frère nouveau-né. Sa mère la regardait, incrédule, lorsqu'elle lui disait : «Le petit n'a pas faim, il a mal au ventre.»

Jusqu'à douze ans, Marie-Lune eut de nombreuses visions. Elle prenait pour acquis ce pouvoir qui ne la troublait guère et l'émerveillait à peine.

Cette année-là, Bien-Aimé, âgé de cinq ans, tomba dans la piscine et se noya. Pendant des semaines, Marie-Lune fut inconsolable. Pourquoi n'avait-elle rien pressenti? Elle se posait bien des questions. Avait-elle ignoré un avertissement? Était-il mort par sa faute? Elle se sentait coupable et, en outre, avait l'impression que sa famille la croyait responsable de l'accident.

Si chaque nuit un rêve différent n'était venu troubler le sommeil de Marie-Lune, la vie aurait repris son cours. Les songes bizarres prédisant l'avenir la déconcertaient. Parfois, ils annonçaient des situations cocasses mais, au grand dam de la jeune fille, ils étaient souvent de mauvais augure. Troublée, Marie-Lune ne voulait plus dormir. Voyante ou devineresse, il lui fallait à tout prix se déposséder de ce don devenu maudit.

Demain sera l'anniversaire de la mort de Bien-Aimé. Un an déjà. Ce soir, épuisée, Marie-Lune tombe endormie. Elle rêve.

Voilà qu'elle avance dans une forêt. Il fait très sombre. Une petite main d'enfant s'accroche à la sienne. Elle et l'enfant marchent longtemps en silence. L'enfant se met à courir. Marie-Lune court avec lui. Toujours plus vite. À bout de souffle, elle lui crie :

– Arrête, arrête, je dois te remettre ce don qui me tourmente.

Elle essaie vainement de lui reprendre la main. Il vole.

Il se retourne brusquement et son regard fixe celui de Marie-Lune. Au même instant s'échappe du corps de la jeune fille une boule de feu qui disparaît dans le ciel.

Marie-Lune s'éveille le cœur léger et reconnaissant. Bien-Aimé, en délivrant sa grande sœur, lui a fait un don nouveau, le bonheur.

Yvonne Montreuil
Hull (Québec)

Une belle endormie

Un matin de juillet. Nouvelle éclair à la télévision et à la radio.

«Cette nuit, la terre a tremblé et des raz de marée auraient causé de nombreuses victimes dans plusieurs villes côtières. Le président du Conseil mondial de la sécurité enjoint les populations de ne pas céder à la panique, malgré les prédictions alarmistes de certains individus qui annoncent la disparition de la planète Terre.»

La pluie chaude, qui tambourine sur son corps nu, sort la jeune fille de son engourdissement. Mon Dieu, qu'elle se sent lasse. Ouvrir les yeux lui est impossible. Où donc est-elle? Face contre terre, elle a l'impression que ses bras et ses jambes pèsent des tonnes. Ses oreilles bourdonnent comme si des centaines d'abeilles avaient élu domicile dans sa tête. Derrière ses paupières closes, les images déferlent en rafales. Des visages qu'elle croit reconnaître s'effacent dès qu'elle essaie d'y mettre des noms. Des paysages, qui lui semblent familiers, disparaissent pour faire place à d'autres dont elle n'a aucune souvenance. Épuisée, elle se laisse glisser avec soulagement dans une bienheureuse inconscience.

Quelques heures plus tard, la jeune fille reprend ses esprits. Une odeur vivifiante se dégage de l'herbe mouillée qui lui pique le visage. Après de multiples efforts, le cœur battant violemment, elle parvient à ramper jusqu'à un arbre et à s'y adosser. Le spectacle qui s'offre à ses yeux fait surgir une douleur sourde au creux de son estomac. Des briques, des poutres, des vitres brisées, des débris l'entourent de toutes parts. Un édifice blanc finit de s'écrouler; un écriteau, sur lequel on peut lire *Laboratoire de recherche*, est encore attaché à une clôture qui n'est plus qu'un amas de ferraille tordue. Elle entend des voix. Avant de pouvoir esquisser le moindre geste, l'angoisse, comme une marée noire, l'enveloppe tout entière et, dans un gémissement rauque, la jeune fille retombe inanimée au pied de l'arbre. Sa plainte a guidé les sauveteurs jusqu'à elle. Ils la transportent sur une civière. Les rayons du soleil font briller un bracelet en or qui encercle son poignet gauche. Un nom y est gravé : Ève.

– Mademoiselle, mademoiselle, réveillez-vous.

Des femmes en blanc s'agitent au-dessus du lit où repose la rescapée aux longs cheveux blonds.

Ève ouvre les yeux.

On l'ausculte, on prend son pouls.

– Ne craignez rien. Vous êtes en sécurité. Vos blessures sont légères.

Ève n'a pas encore prononcé un seul mot. Son visage impassible ressemble à celui d'une statue.

– Quelle jolie fille, murmure l'une des infirmières. On dirait qu'elle ne nous entend pas. Sans doute est-elle encore sous le choc.

Malgré les bons soins dont elle est l'objet depuis plus d'une semaine, Ève demeure toujours dans un état cataleptique. Son corps a repris des forces, mais elle n'a pas encore prononcé un seul mot et son regard reste vague, comme tourné vers l'intérieur.

– Je vous amène de la visite, ce matin, lui dit une infirmière.

Un homme se tient sur le seuil de la porte. Il hésite un moment, puis s'approche lentement. Pendant de longues minutes, il la contemple en silence, caresse doucement les cheveux blonds et, se penchant vers elle, prend ses mains dans les siennes.

– Ève, Ève...

Les yeux remplis de larmes, l'homme embrasse tendrement la jeune fille. Il lui semble qu'une petite lueur s'allume au fond des yeux d'Ève. Ce n'est qu'une illusion. À regret, il quitte la chambre, le dos courbé sous le poids de son immense chagrin.

– Est-ce bien la personne que vous recherchiez? lui demande le directeur de la clinique, qui l'attend dans le couloir.

L'homme lui répond par un signe de tête affirmatif et s'éloigne rapidement.

Au soir de cette journée, avant de se mettre au lit, le docteur Jim Patterson, prix Nobel de la recherche scientifique en cryogénie, écrit quelques lignes dans son journal.

15 juillet 2050

«J'ai enfin retrouvé Ève, ma fiancée adorée. À la suite d'une crise mystérieuse, elle avait été déclarée morte. Selon ses désirs, dont elle m'avait fait part plusieurs fois, j'ai congelé son corps, espérant la ranimer un jour.

J'ai tout tenté au cours des cinquante dernières années, et, malgré mes efforts, je n'ai pas réussi. Voilà qu'à la suite du tremblement de terre, elle est découverte vivante parmi les débris de mon laboratoire. Vivante? L'est-elle vraiment? Son corps vit, mais où est passée son âme?

Ève, Ève, où vagabondes-tu? De toute façon, il est trop tard, beaucoup trop tard...»

Se redressant péniblement, le docteur Patterson contemple tristement le visage du vieillard que lui envoie la glace suspendue au-dessus de son bureau.

Dans une chambre d'hôpital psychiatrique, une jeune fille se berce sans arrêt, un petit chat blotti sur ses genoux. De temps à autre, on peut l'entendre fredonner des airs de chansons que personne ne reconnaît.

JACQUELINE GOYETTE
HULL (Québec)

Le Jour des morts

Voulant fuir la chaleur inhabituelle qui s'est abattue sur les bois du coteau, le chasseur longe le ruisseau, grossi par la crue d'automne. Connaissant bien ces lieux pour y avoir souvent chassé en compagnie de ses oncles, il sait que ce cours d'eau débouche dans un vaste pré. Là, la brise est toujours présente. Or, aujourd'hui, il n'y a pas le moindre déplacement d'air. Tout paraît plongé dans un état de torpeur. Les quelques feuilles encore aux branches des arbres, suintent d'humidité. Au loin, dans le ciel courroucé, un éclair de chaleur trace une arabesque de feu. Le corps de l'homme est brusquement secoué par une série de frissons. Son labrador jaune, qui d'ordinaire fait preuve d'une énergie débordante, est venu se blottir près de lui.

Le chasseur essaye de mettre de l'ordre dans ses idées, mais se rend compte qu'il est de plus en plus troublé. Pourtant, la journée avait commencé de façon bien normale. Il était sur le point d'ouvrir la barrière lui donnant accès au chemin de la forêt, lorsque sa grand-mère arriva en toute hâte:

– Sais-tu qu'aujourd'hui, on est au 2 novembre.

Tordant son tablier à deux mains, elle poursuivit :

– Ni ton grand-père, ni tes oncles ne vont à la chasse le Jour des morts.

Tout en retournant ces paroles dans sa tête, l'homme s'aperçoit qu'il est arrivé au bout de la terre de Louis Mongeon, là où, durant le jour, allait se cacher Louis Riel quand il était poursuivi. Ce souvenir était souvent évoqué le soir, après le souper. La voix des hommes devenait alors plus grave, ce qui ajoutait au mystère du récit raconté dans la grisaille de novembre. L'âme du métis reviendrait-elle en ce jour?

L'homme empoigne plus solidement le lourd fusil et, sous prétexte que le temps est à la pluie, prend le chemin du retour. La bruine tombe sur la campagne. La grange, où il espère trouver refuge, se dresse soudain devant ses yeux, au centre d'une immense coupole et baigne dans une lueur étrange. Des ruissellements de lumière ressemblant à des aurores boréales jaune pâle, striées de noir, apparaissent dans le ciel, au milieu de craquements sinistres.

Là-bas, aux confins de l'horizon, une procession s'est mise en branle et chemine en silence. Dans les déchirures de la brume, le chasseur devine des formes habillées de bure, le capuchon rabattu sur la tête, marchant à quatre de front.

Que viennent faire ces défunts aux abords du coteau, pense l'homme. Après ce qui lui paraît une éternité, la dernière silhouette, sur le point de s'engouffrer à l'intérieur de la grange, s'arrête. Un long bras squelettique se lève dans sa direction. Lentement, le bras décrit un demi-cercle et lui ordonne de rebrousser chemin.

Depuis, foudroyée, la grange a été rasée par le feu.

«Vingt ans plus tard, lorsque je vais chasser dans les bois du coteau, jamais le Jour des morts, confie le chasseur, je m'arrange pour éviter l'emplacement où était bâtie cette grange, domaine des spectres.»

GUY PRUD'HOMME
MASSON-ANGERS (Québec)

Le fleuve se révèle

À bout de souffle, elle atteignit enfin le débarcadère. Du regard elle embrassa le fleuve, habituellement sillonné d'embarcations. «Non, est-ce possible? C'est un rêve, un mauvais rêve», laissa-t-elle échapper, encore haletante. «L'eau, l'eau, il n'y a plus d'eau.»

Depuis des années, elle venait tous les matins voir ce que le fleuve avait rejeté sur la rive. Ces objets hétéroclites l'attiraient. Ils nourrissaient son imagination, ses rêves. Elle s'était peu à peu créé un monde d'aventuriers et d'amants des mers. Assise au bord de l'eau, elle leur parlait, leur révélait les hauts et les bas de sa vie de jeune femme.

Ce matin, le fleuve lui avait joué un vilain tour. Son Grand, comme elle l'appelait, avait laissé couler son eau à la mer sans se préoccuper de refaire le plein. Elle comprit qu'il voulait lui montrer sa face cachée, celle qu'il garde tout au fond de son lit.

Le fleuve restait le fleuve. La senteur toute humide du varech pesait lourd. Les bécasseaux à long bec continuaient de fouiller la boue en quête de larves juteuses. Les filets attendaient patiemment leurs proies. La jeune femme voyait à peine l'Île-aux-Lièvres qui se dissimulait au loin derrière la brume de septembre.

Le fleuve l'invitait à pénétrer son monde vieux de milliards d'années. Cette grande faveur, il ne l'avait faite à personne. À elle, il avait décidé de se révéler; elle lui avait souvent confié ses joies, ses rêves, ses angoisses.

Elle avança et mit le pied dans la boue toute chaude, enveloppante. Quelques pas encore. Des épaves, des carcasses, des squelettes, des débris jonchaient son passage. Elle n'arrivait pas à croire que son majestueux fleuve avait tant englouti. Elle ressentait même un peu de colère envers son Grand. Comment avait-il pu la tromper de la sorte, lui dont la surface est grandiose?

Au fur et à mesure qu'elle avançait, elle commençait à comprendre que la nature suivait simplement son cours, que le sort de certaines personnes et de certains objets était de nourrir le fleuve. Ils reposaient là, pêle-mêle, les uns par-dessus les autres. Leur empilage constituait un grand livre d'histoire.

Levant les yeux, elle vit quelqu'un qui marchait, comme elle, parmi les débris. Il ne la regardait pas, trop préoccupé qu'il était à découvrir cet univers étrange. Il semblait inoffensif. Elle s'approcha, l'observa. Ses geste et son visage échappaient à toutes catégories d'âge et de race. Elle le trouva beau, viril. Serait-il le Borée de ses rêves, ce dieu du vent du nord qui viendrait un jour l'enlever comme il avait ravi la charmante Orithye, fille du roi d'Athènes?

D'un filet de voix, elle lui dit :
– Monsieur!
Il ne répondit pas, ne la voyait pas.
– Monsieur! Qui êtes-vous?
Il la contourna sans répondre, le regard perdu. Elle le suivit. Il s'arrêta pour analyser la forme élancée d'une bouteille vert-de-gris qu'il prit dans ses mains. Il l'examina soigneusement, puis la remit tendrement à sa place, comme on couche un enfant déjà endormi. Il fixa une petite boîte de couleur azur, la ramassa, l'ouvrit et contempla attentivement ce qui s'y trouvait. Après une longue hésitation, il décida de la garder. Le fleuve lui en faisait cadeau.

Elle aurait bien aimé savoir ce que cette boîte renfermait, mais elle n'osait pas le lui demander. Elle se contentait de le suivre tout en étudiant ses gestes. Tranquillement, elle apprenait à le connaître. Il ne s'intéressait pas aux goélettes coulées

77

avec leur chargement de bois, ni aux bateaux de plaisance et à leurs petits capitaines. Il recherchait l'insolite : morceaux d'assiettes, flasques, chopes d'étain, cuivre oxydé. Il prenait doucement ces objets dans ses mains, les tournait et les retournait, puis les déposait dans leur cavité d'origine. Il n'avait retenu que la boîte, qu'il serrait précieusement sous son aisselle gauche.

Elle tenta à nouveau de lui parler. L'interpellant à mi-voix, elle demanda à voir ce qu'il y avait dans la boîte. Pour la première fois, il sembla s'apercevoir de sa présence. Ses yeux se posèrent sur elle. Il la regarda avec la même attention qu'il portait aux objets reposant au fond du fleuve. Sa bouche s'entrouvrit comme s'il allait parler, mais ne dit rien. Il se remit à scruter le sol à ses pieds. Elle ne comprenait pas. Pourquoi refusait-il de répondre, de lui dévoiler le contenu de la boîte?

Elle continua de le suivre pas à pas, s'arrêtant où il s'arrêtait, analysant ce qu'il analysait. Peu à peu, elle vint à se sentir bien, près de lui. Elle n'avait plus besoin de connaître son nom, ni de savoir ce qui l'avait amené à parcourir le lit du fleuve. Sa présence suffisait à la rendre heureuse.

Le soleil s'inclinait à l'ouest. L'homme se retourna pour lui faire signe qu'il était temps de rentrer chacun chez soi. En se quittant, ils échangèrent un soupçon de sourire. Il se dirigea vers l'Île-aux-Lièvres, elle regagna Notre-Dame-du-Portage. Leur aventure avait pris fin.

Le lendemain, quand elle revint au débarcadère, le fleuve avait retrouvé son visage majestueux. Les eaux remplissaient de nouveau son lit. Il ne s'était révélé que pendant une journée, pas plus. Cela avait suffi pour qu'elle se rende compte que, sous ses vagues, dormait tout un monde. Elle pensait à l'homme de l'Île-aux-Lièvres. Elle aimait cet inconnu. Elle avait hâte de lui parler de ses parents qui ne comprenaient pas son besoin de solitude, des hommes qui la traitaient d'indépendante, de rêveuse. Son quotidien venait de s'enrichir d'un amant compréhensif et tendre. Dorénavant, elle ne serait plus seule; il serait là, à ses côtés. La vie l'avait récompensée. Elle se savait heureuse.

GILLES BILODEAU
HULL (Québec)

III.

𝒫ince-sans-rire

Le dernier mot

Francis se sentait triste et malheureux.

Pendant de nombreuses années, ce pionnier de la Haute-Gatineau avait travaillé dur. Puis, à l'aurore de ses quatre-vingts ans, il avait donné sa terre et tous ses biens à son fils aîné, lequel, en retour, devait se charger de sa subsistance. Deux ans déjà. Cependant, il n'avait pas l'impression d'être chez lui dans sa propre maison.

La bru voyait d'un mauvais œil la présence du vieux et n'était pas des plus aimable envers lui. Quand son mari travaillait aux champs, elle rudoyait le pauvre homme et, par ses manières, lui faisait sentir qu'il était de trop. Assis dans son fauteuil près du feu qui crépitait, le vieillard ne disait rien. De temps en temps, il s'approchait frileusement du poêle et dégourdissait ses mains bleuies par le froid et une mauvaise circulation. De temps en temps, il jetait un coup d'œil par la fenêtre dans l'espoir de voir passer une voiture. La vie était longue et pénible maintenant. Misérable, Francis n'osait se confier à son fils. Alors, ses yeux se mouillaient, ses narines se gonflaient. Fermant ses paupières humides, il se revoyait travaillant à sa ferme, grisé par le soleil. «Tout cela est du passé», soupirait-il.

Chaque dimanche, le vieil homme allait jouer aux cartes chez son voisin. Fumant la pipe et se racontant de bonnes blagues, les deux amis ne voyaient pas passer l'après-midi. Pourtant, aujourd'hui, Francis n'avait pas le cœur à la fête. Avant de partir, il voulut confier la raison de son tourment.

– Je ne suis plus capable de continuer cette vie-là. Qu'est-ce que je peux faire?

– J'ai une idée, répondit Olivier. Viens en haut avec moi. Dans un chausson de laine, j'ai quelques centaines de dollars. Je te les passe. Emporte-les chez toi, fais ce que je t'ai dit et on s'en reparlera la semaine prochaine. Salut mon vieux!

Aussitôt arrivé chez lui, Francis s'empresse de cacher l'argent sous son oreiller. Le soir venu, il remonte à sa chambre. Il sait que son fils et sa bru ne tarderont pas à le suivre. Il laisse la porte entrouverte, s'assoit sur le bord du lit, puis à la lueur de la lampe, à voix basse, les billets bien à la vue, il se met à les compter.

– Trois cent cinquante..., quatre cent dix..., quatre cent soixante-dix-neuf..., quatre cent quatre-vingt-dix-huit... C'est curieux, il me semble que j'en avais bien plus que ça!

Plus lentement cette fois, il recommence.

Le garçon et la bru, témoins de la scène, sont stupéfaits. Et, chuchotant :

– Je ne savais pas que ton père avait encore tant d'argent.

– Moi qui pensais qu'il m'avait tout donné!

Le lendemain, la bru se fit très attentionnée. Elle servit à son beau-père ce qu'elle put trouver de mieux : du bon pain frais, des confitures aux petites fraises des champs, de la crème.

Francis se réjouissait de la tournure des événements. Chaque soir, une semaine durant, dans la demi-obscurité, il recomptait son argent. À voix basse, il monologuait. Il se plaisait à formuler des souhaits, sachant qu'il était écouté. Dans un vieux coffre il cachait les liasses, glissant ensuite la clé sous l'oreiller. Le jour, il gardait précieusement celle-ci dans sa poche de pantalon, tout à côté de sa montre en or. Le dimanche suivant, il remit la somme d'argent à son ami, le remerciant chaleureusement du service rendu et lui fit part du succès du manège.

Depuis lors, Francis vieillit en beauté. En raison de sa fortune, on le traita comme un prince.

Malgré les bons soins prodigués, à l'automne de l'année suivante, il mourut, emporté par une mauvaise grippe. Le corps ne fut pas aussitôt refroidi que la bru et le fils coururent à la chambre du défunt afin d'y prendre l'argent tant convoité.

À l'intérieur du coffre, sous quelques vêtements défraîchis, ils découvrirent un marteau et une vieille enveloppe brune renfermant le dernier mot du vieux :

«À celui qui est assez maladroit pour donner tout son argent avant de mourir, qu'il se cogne les doigts avec ce marteau.»

JACQUELINE L'HEUREUX HART
AYLMER (Québec)

Le curé, la pipe et le farceur *

C'était un personnage singulier. On ne lui connaissait pas de famille et personne ne savait son nom. Il allait de village en village, échangeant ses services contre quelques pièces d'argent. Juste assez pour subsister.

Il arriva un samedi matin dans un hameau qui lui parut accueillant. Près de l'église, sur la galerie du presbytère, il aperçut le curé qui se berçait en fumant sa pipe.

— Vous avez là une ben belle pipe, m'sieur l'curé.

— En écume de mer, mon ami. C'est un présent de mes paroissiens pour mon jubilé sacerdotal, et j'y tiens beaucoup.

— C'est pas à moi qu'on f'rait pareil cadeau.

— Ton tour viendra, mon brave, mais il te faudra le mériter. Tu n'es pas d'ici, toi, quel bon vent t'amène?

— J'arrive du village voisin et j'cherche du travail... vous auriez pas un p'tit boulot pour moi? Voyez comme j'suis fort, dit-il, bombant le torse.

— Justement, j'ai du bois à corder. Tu as l'air solide et ton allure me plaît. Rends-toi derrière le presbytère où tu trouveras un tas de bûches. Ma ménagère te dira quoi en faire. Comment t'appelles-tu, déjà?

— Mon nom?... euh... Bouduné.

— Comment?

— Vous avez ben compris, c'est mon nom.

Bouduné? Quel nom étrange, pensa le curé.

---

* Version de l'auteure d'un conte que lui racontait sa mère, qui le tenait elle-même de sa grand-mère, originaire de Saint-Romuald, près de Québec.

Le drôle se rendit derrière le presbytère, trouva le tas de bois, et commença à le corder en respectant les instructions de la ménagère.

– Ne flâne pas sur la besogne, lui dit celle-ci de sa voix nasillarde, monsieur le curé n'aime pas les paresseux.

– Oui, oui.

– Quand tu auras terminé, viens me voir, je te donnerai ton dû. Au fait, quel est ton nom?

– Euh... Dominus Vobiscum.

– Quoi?

– Vous avez ben compris, c'est mon nom.

– Dominus Vobiscum. A-t-on idée d'affubler quelqu'un d'un nom pareil, bougonna la femme, s'en retournant à la cuisine.

L'étrange phénomène travaillait depuis près de deux heures, sous le chaud soleil de juillet. L'effort ne semblait pas le fatiguer. À la fenêtre de la cuisine, une jeune fille l'observait. C'était la nièce du curé, en visite au presbytère. «Je vais lui porter un verre de limonade, se dit-elle, ça va lui faire du bien.» S'approchant de lui :

– Tu as bien mérité quelques minutes de repos. Viens un peu à l'ombre. J'apporte de quoi boire.

Le jeune homme ne se fit pas prier, et c'est tout d'un trait qu'il ingurgita la boisson rafraîchissante.

– Merci, mam'selle, vous êtes ben fine.

– Ça m'a fait plaisir, monsieur... comment déjà?

– Euh... Sam Pique, mam'selle.

– Pardon?

– Vous avez ben compris, c'est mon nom.

Tout en retenant une folle envie de rire, la demoiselle marmonna «Sam Pique, monsieur Sam Pique... jamais rien entendu d'aussi drôle.» Connaissait-il son nom véritable? Personne ne saurait dire. Il s'amusait à répondre de façon aussi impertinente à quiconque lui demandait de dévoiler son identité. Juste pour rire.

Le travail terminé, la ménagère le fit entrer par la porte arrière, lui paya ses gages tel que convenu, et le pria de sortir par la porte avant, afin de saluer monsieur le curé qui, sans doute, se berçait encore sur la galerie. Elle se trompait, il n'y était plus. Le jeune homme allait partir quand il aperçut, sur le large accoudoir de la chaise capitaine, une chose qui retint son attention. Là, devant ses yeux, s'offrait à lui l'objet qu'il convoitait depuis si longtemps : une pipe en écume de mer. Il avait bien quelques défauts – qui n'en a pas? Il n'était pas voleur... du moins, le croyait-il. On dit toutefois que l'occasion fait le larron. Sans plus réfléchir, il empoigna la superbe pipe, la fourra dans sa poche et déguerpit à toute allure.

Le vieux bedeau avait été témoin du larcin. Il avait voulu poursuivre le coupable mais, perclus de rhumatismes... Quand le curé apprit qu'on lui avait dérobé sa pipe, il entra dans une grande colère.

– Me faire ça à moi. Ah, le brigand, la crapule! Si jamais je le revois, il va voir de quel bois je me chauffe.

Le lendemain, dimanche, le vagabond fut pris de remords.

– J'ai mal agi envers ce curé qui s'est montré si bon pour moi. Comment réparer ma bêtise?

Il eut une idée. Il retournera au village. Tous les villageois se retrouveront à l'église pour assister à la sainte messe. Les rues seront donc désertes, personne ne le verra arriver. Il pénétrera sans bruit dans le lieu saint, et se faufilera vers le confessionnal, désert à cette heure, pour y déposer la pipe volée. Avec un peu de chance, aucun paroissien ne le remarquera, plongés comme ils le seront tous dans leurs dévotions. Il connaissait mal la nièce du curé, agenouillée au tout premier rang, près de la ménagère du presbytère. Curieuse de nature, cette nièce n'avait pas toujours la tête tournée vers l'autel, bien au contraire. Ayant aperçu et reconnu l'ouvrier de la veille, elle dit tout bas, en tirant la ménagère par la manche:

– Sam Pique!

– Gratte-toi, coudon, et tais-toi.

– Sam Pique, Sam Pique, regardez en arrière.

Se retournant, la ménagère eut la même vision et s'exclama à haute voix :

– Dominus Vobiscum, monsieur le curé.

– Tais-toi donc, je l'ai déjà dit, fit à mi-voix le prêtre, lui jetant un regard courroucé.

Comme on en était à la fin de l'office, se tournant vers l'assistance pour donner sa bénédiction, il vit alors, lui aussi, le coquin, le filou, la canaille qui l'avait volé.

– Bouduné, Bouduné! Je donnerai cinq dollars au premier qui m'attrapera ce Bouduné.

Ce qui se passa ensuite fut indescriptible. De bons paroissiens se ruèrent vers le choeur, où se tenait leur pasteur, pour lui attraper le bout du nez. N'avait-il pas promis une récompense de cinq dollars au premier qui attraperait son appendice nasal?

Profitant du chahut, notre voleur repenti sortit de l'église les jambes à son cou, laissant le pauvre curé se débattre au milieu de ses brebis déchaînées.

Plus tard, s'enfermant au confessionnal pour entendre ses ouailles, le curé au nez endolori retrouva sa chère pipe en écume de mer. Il pardonna au voleur. À vrai dire, ce n'était pas un vol... tout juste un emprunt. On parla longtemps de cette mésaventure au presbytère, et on s'en amusa beaucoup. Quant à Bouduné, alias Dominus Vobiscum, alias Sam Pique, on n'en entendit plus jamais parler.

RITA CAUCHY
GATINEAU (Québec)

Une messe pour Yvonne

Lundi, en lisant son journal, mon mari apprend le décès d'une de ses cousines. Nous décidons d'assister aux funérailles prévues pour le lendemain.

Lorsque nous pénétrons dans l'église, l'époux de la défunte et ses trois enfants ont déjà pris place dans les premiers bancs. Parents et amis sont venus en grand nombre.

Une musique douce et triste annonce le début d'une procession; cinq célébrants remontent lentement l'allée centrale. Parvenu à l'autel, orné de roses rouges et blanches, l'officiant se tourne vers nous et prend la parole :

– Offrons ensemble le Saint-Sacrifice de la messe pour le repos de l'âme de notre défunte sœur *Yvonne*.

Je sursaute; j'avais complètement oublié que nous avions le même prénom. Quelle étrange impression que de s'entendre appelée défunte! Évidemment, rêveuse comme je suis, je me vois à mes propres funérailles. Je suis transportée dans l'au-delà, sur les prières ferventes de l'assemblée. Dieu me tend les bras et m'invite dans sa demeure. Quel bonheur!

Lorsque la phrase «Pour Yvonne, prions le Seigneur» me tire de ma rêverie, j'en suis à planer sous les voûtes, invisible, tout de voiles blancs vêtue. Mon père, mes grands-parents et plusieurs autres chers disparus m'accompagnent. Aucune crainte ne m'habite. Je suis légère et me dis qu'il est doux de mourir. Elles sont belles mes funérailles!

«Une femme vaillante est plus précieuse qu'une perle. Elle est digne d'éloges et de louanges», dit le prédicateur. «Dieu demande de reconnaître les fruits de son travail sur la place publique et de louer sa conduite.»

Quel beau texte! Justice pour la femme, donc, Dieu n'est pas chauvin. Tout de même, Il lui donne un rôle difficile, la vaillance dans l'amour des autres. Cette lecture me fait monter les larmes aux yeux. Je me dis que ma famille n'aurait pu choisir plus beau témoignage.

La messe terminée, l'assistance est invitée à se rendre au sous-sol de l'église offrir ses condoléances et partager une légère collation. Cette tradition me laisse perplexe. J'approuve tout de même cette rencontre, la poignée de main et les embrassades sincères voulant dire : je comprends votre émoi et je sympathise avec vous. J'abhorre, toutefois, les farceurs qui veulent à tout prix détendre l'atmosphère.

Circulant dans la foule, j'entends quelqu'un dire : «Pauvre Yvonne, elle était si fine, si bonne, puis talentueuse à part ça.» «Merci, merci bien, c'est gentil à vous», me dis-je, mais je me rappelle soudain cette manie qu'ont les gens d'idéaliser les morts et je déchante. Brusquement, je me sens tirer par le bras... c'est mon mari, impatient, qui me ramène à la réalité.

Sur le chemin de la maison, mes pensées se bousculent.

– Quand ce sera mon tour, j'aimerais...

– Arrête ça tout de suite, coupe mon mari. On verra dans le temps comme dans le temps.

Silencieuse, je réfléchis. Il y a quelques heures à peine, je frémissais à la seule pensée de mourir. Que s'est-il passé pour que, soudainement, cette appréhension ait disparu? Par le passé, grand-mère me disait : «Si tu touches à un mort et lui demandes de supprimer ta peur, il le fera.» Jamais je n'ai osé faire ce geste.

Miracle! Mon voyage céleste m'a délivrée de la crainte de la mort.

YVONNE MONTREUIL
HULL (Québec)

91

Les trois petits pois *

Un soir, une vieille dame se présente chez le charbonnier et sa femme, et leur demande de bien vouloir l'accueillir pour la nuit. Comme tous les deux ont grand cœur, sans hésitation aucune, ils l'hébergent.

Le lendemain matin, en remerciement, l'étrangère leur remet trois petits pois.

– Attendez la pleine lune, leur dit-elle. Par-dessus votre épaule gauche, lancez un à un les pois, en formulant chaque fois un souhait. Je vous promets que vous serez exaucés.

Sans ajouter un autre mot, elle part.

La femme du charbonnier cache les trois petits pois dans un pot au fond de l'armoire de sa cuisine.

Enfin paraît la pleine lune. Le couple suit à la lettre les instructions de la vieille dame. Le charbonnier lance le premier pois.

– Je souhaite posséder une belle grosse maison blanche.

À l'instant, son désir se réalise. Heureuse du succès, sa femme lance un deuxième pois et émet un souhait :

– Moi, j'aimerais avoir un petit jardin et trois vaches.

– Et pour finir, poursuit l'homme, lançant le dernier pois, je désirerais un cheval, douze poules et un cochon.

Surprise! Le bétail apparaît et les volailles courent en tous sens dans le jardin.

En pleine euphorie, la femme du charbonnier va faire part à sa voisine de leur soudaine fortune grâce aux trois petits pois.

– Madame! vous auriez pu souhaiter bien autre chose, un château, beaucoup d'argent, de beaux meubles.

---

* Ce conte a été recueilli par l'auteure auprès de son père, originaire du village de Bois-Franc, en Haute-Gatineau.

Quelques semaines plus tard, la vieille dame repasse dans le quartier. Cette fois, elle demande l'hospitalité à la voisine. Celle-ci, convaincue de la chance qui la visite, ouvre toute grande la porte de sa maison. Le lendemain, avant de partir, la vieille dame lui remet également trois petits pois en lui faisant les mêmes recommandations.

– Attendez la pleine lune.

Lorsque le grand soir arrive, la voisine dit à son mari :

– Tout à coup que ce ne serait pas vrai tout ça. Alors laisse-moi essayer le premier pois.

– Je souhaite que la vieille marmite à deux pattes qui se trouve sur le poêle ait la troisième patte, qui lui manque, en or massif.

Aussitôt dit, aussitôt fait.

– Tête de linotte! s'exclame le mari. Qu'est-ce que tu as pensé? Tu n'aurais pas pu trouver quelque chose de mieux que ça?

Sous l'effet de la colère, sans réfléchir, il jette le deuxième pois et s'écrie :

– Moi, je souhaite que cette marmite te colle dans le dos.

Brusquement, comme si elle avait eu des ailes, la vieille marmite se dirige à l'endroit indiqué. La pauvre femme tente désespérément de se libérer de cet objet si embarrassant. Le mari essaie à son tour. Peine perdue.

À son regret, il lance, en soupirant, le dernier pois :

– Eh bien! Que la marmite se décolle.

Immédiatement, le chaudron perd sa patte en or et retourne sur le poêle.

Leurs beaux rêves se sont envolés. Déçus, la femme se met à pleurer et l'homme s'en retourne travailler.

Depuis ce jour, ils attendent le retour de la vieille dame. Hélas! Elle n'est plus jamais revenue.

JACQUELINE L'HEUREUX HART
AYLMER (Québec)

IV.

𝒫arole des légendes

Les jeunes filles de la brume *

À la tombée du jour, Nicolas, le jeune bûcheron, marche le long du sentier parmi les arbres de la forêt. Jetant un regard sur le lac à travers le feuillage, il aperçoit sur les eaux une colonne de brume. Il avait souvent vu des lambeaux de brouillard couchés sur l'étang, mais jamais se redressant ainsi. À la limite du bois, il s'arrête, interdit. Deux jeunes filles se baignent dans l'eau calme. Il devine leur beauté malgré le voile de brume qui les enveloppe comme un fin nuage diaphane. Au delà, l'air est pur et cristallin.

Une force incontrôlable pousse Nicolas vers les jeunes filles; celles-ci le regardent venir, curieuses et sans crainte.

– Je suis Nicolas. Quel est votre nom?

Une des jeunes filles s'approche un peu.

– Nébula. Je suis fille de la brume, et ma sœur Néphélée est fille du brouillard, des nuages et de la pluie. Nous sommes enfants du ciel.

Nicolas, la suppliant, tend les bras.

– Viens vivre avec moi dans ce monde-ci. Je prendrai bien soin de toi.

– Je ne peux quitter mon domaine, répond Nébula; ma sœur m'appelle déjà auprès d'elle.

– Ah! tu aimerais vivre ici, plaide Nicolas. Il ne fait pas froid et ce n'est pas vide comme là-haut. Nous jouissons de la lumière et de la chaleur du soleil. Viens avec moi, fille de la brume.

Elle s'approche plus près de lui :

– Tu ne serais pas heureux avec moi; je ne connais pas les choses de la terre.

---

* Conte inspiré de la mythologie maorie.

– Je t'aimerai toujours, dit-il simplement.

– Mon pays est l'espace, et même si je passais la nuit à tes côtés, je devrais te quitter chaque matin, dès que le ciel pâlit.

Nicolas persévère.

– Même si je dois rester seul la journée entière, je t'en supplie, partage au moins mes nuits.

La jeune fille de la brume hésite, sourit, puis lui tend la main.

Chaque matin, avant que le soleil ne se lève au-dessus des collines, la jeune fille de la brume retrouve sa sœur. Sous le regard attristé de Nicolas, Nébula et Néphélée semblent se fondre en un nuage et disparaître vers le ciel. Chaque soir, Nébula vient retrouver son époux. L'été, les nuits plus courtes laissent peu de temps aux deux jeunes amoureux.

Alors, les habitants du village commencent à taquiner Nicolas.

– Tu dis que tu as une épouse dans ta hutte. Où est-elle, nous ne la voyons jamais! Montre-la-nous puisque tu dis qu'elle est si belle.

Bientôt, il ne peut plus supporter les longues absences de Nébula. Un jour, il ferme les volets de ses fenêtres et remplit les fissures de mousse. La porte fermée, il fait aussi noir qu'un soir sans lune quand les nuages recouvrent le ciel.

Ce soir-là, la jeune fille entre dans la hutte comme d'habitude, sans s'apercevoir du changement. Les heures de la nuit s'écoulent rapidement jusqu'au premier rayon de l'aube dans le ciel de l'est. Néphélée appelle alors sa sœur.

– Je viens, répond Nébula en cherchant sa mante de brume.

– Que fais-tu? lui demande Nicolas.

– Je dois te quitter, c'est l'aurore, ma sœur appelle.

– Mais non, regarde autour de toi, il n'y a pas encore de clarté. Pourquoi me réveilles-tu en pleine nuit? Ta sœur doit prendre la lueur de la lune pour le lever du jour. Viens me retrouver au lit.

Nébula se recouche près de Nicolas; inquiète, elle lui dit :

– C'est étrange, je ne comprends pas; jamais ma sœur n'a commis une telle erreur.

Néphélée continue d'appeler, et le chant des oiseaux se mêle bientôt à sa voix qui s'éloigne de plus en plus.

– Nicolas, je suis certaine que quelque chose ne va pas. Écoute, j'entends les oiseaux de la forêt beaucoup plus près maintenant, et des bruits de pas devant ta porte...

La jeune fille s'échappe des bras de Nicolas et ouvre la porte, oubliant de revêtir sa mante de brume. Le plein jour envahit la pièce. Surprise, elle s'arrête un instant. Un murmure d'émerveillement monte des passants, car personne n'a jamais vu une jeune fille aussi belle et gracieuse que Nébula. Elle irradie.

Nicolas la suit à l'extérieur en souriant, heureux que tous puissent enfin admirer cet ange de beauté. Nébula reprend sa mante, s'élève jusqu'au toit de la hutte, mais le soleil disperse bien vite la brume. Assise sur le chaume, ses longs cheveux recouvrent son corps lumineux.

Survient alors un étrange événement. Dans le ciel clair, un petit nuage descend lentement. Il s'enroule autour de Nébula, jusqu'à ce qu'elle disparaisse complètement. Le nuage quitte le toit et dérive vers le ciel, plus haut, toujours plus haut et s'évanouit derrière les collines.

Nicolas a le cœur brisé. Il ne peut supporter le regard de pitié de ses amis. Nuit après nuit, il attend en vain le retour de Nébula. Elle ne revint jamais.

Puis un jour, il quitte sa maison et part à la recherche de son épouse. Il traverse d'étranges pays. Personne ne peut le renseigner sur la brume disparue. À mesure que ses recherches se prolongent, ses cheveux blanchissent, son dos se courbe. À l'aide d'un bâton, il marche difficilement, solitaire, triste et désemparé. Un jour, il meurt au bord d'un lac clair, sans brouillard, dans un pays lointain.

Nicolas a expié sa faute et les dieux éloignés de l'espace ont pitié de lui. Ils emportent son vieux corps voûté pour le transformer en un arc multicolore et le suspendent dans le ciel.

À l'aurore, avant que le soleil ne paraisse derrière les collines, Nébula et Néphélée s'élèvent encore au-dessus de l'étang. Alors, Nicolas, le brillant arc-en-ciel, entoure sa bien-aimée Nébula d'une bande de couleurs éclatantes pendant que Néphélée, tout près, arrose la terre.

GAËTANE RIMBEAU
AYLMER (Québec)

Ishawa ou l'enfant-loup *

Toute la tribu s'affairait aux derniers préparatifs de départ. Il avait été convenu que Belle Aurore, jeune veuve sortant de couches, fermerait le convoi, tirant derrière elle le traîneau où reposerait son bébé.

Le clan cheminait paisiblement depuis plusieurs heures déjà, lorsque Belle Aurore, soudain, sent la courroie du traîneau plus légère. Aussitôt, elle lâche prise et fait un bond en arrière. Vide, le traîneau est vide! Un cri de désespoir déchire alors le silence. Secouée de sanglots, Belle Aurore se jette à terre et se prosterne en invoquant le Grand Esprit pour qu'il lui fasse retrouver son bébé disparu. Tout le monde est en grand émoi. Le convoi s'arrête.

À l'orée du bois, sur la piste suivie par la caravane, l'enfant a glissé hors du traîneau pour aller s'enfoncer dans un bosquet; il est indemne. Couché sur le sol, il pleure. Non loin de là, on entend les hurlements d'une meute de loups qui se rapproche; leurs yeux crient famine. Tout près, une mère louve observe, attentive. Elle s'élance en direction de l'enfant, et trace un cercle autour de lui comme pour l'isoler et le protéger; elle le renifle, le lèche et l'emporte dans sa tanière.

C'est ainsi qu'Ishawa, fille de Belle Aurore, devint l'enfant-loup. Sa mère adoptive l'éleva au milieu de ses louveteaux. D'après la légende, ses premiers balbutiements furent proches des hurlements de ses frères.

Bien des lunes éclairent les nuits avant que l'enfant ne découvre qu'elle n'est pas semblable à ceux qui l'entourent et

---

* Inspiré des contes et légendes des Indiens d'Amérique.

la chérissent. Le tourment la gagne peu à peu. C'est en voyant et entendant pour la première fois des humains dans les bois, qu'elle pressent le mystère de ses origines. Sans même s'en rendre compte, elle répète les sons qu'elle perçoit et, très vite, se met à parler. Sa mère adoptive lui laisse entendre qu'elle partage son désarroi.

Ishawa quitte les loups, la mort dans l'âme. Elle leur promet, cependant, de communiquer avec eux par l'intermédiaire du Grand Esprit qu'elle invoquera et qui la protégera.

Ishawa marche bien des aubes et bien des crépuscules. Découragée et attristée, elle se prend à regretter d'être différente. Un jour, à bout de force, elle refuse de poursuivre sa route quand, tout à coup, elle aperçoit une vallée où se dressent des tipis. Une femme d'âge mûr l'aborde et lui dit :

– Pauvre enfant, tu me sembles épuisée, puis-je t'aider? Sache que tu peux rester ici aussi longtemps que tu voudras; le gîte et la nourriture te seront assurés jusqu'à ce que tu décides de partir. Ta présence me comblera de joie.

Ishawa, triste et reconnaissante à la fois, accepte l'offre. Elle est heureuse qu'une de ses semblables lui manifeste autant de gentillesse. Elle s'entend dire, comme dans un rêve :

– Merci, femme, que le Grand Esprit t'assiste, tu es bonne pour moi et je m'en souviendrai.

Grand Chagrin, c'est ainsi que se nomme la femme d'âge mûr, comprend qu'Ishawa a un secret qu'elle ne tient pas à révéler.

Ishawa se sent à l'aise auprès de Grand Chagrin. Pour sa part, Grand Chagrin se prend très vite d'affection pour sa protégée et la présente à toute la tribu qui l'adopte aussitôt.

Ishawa devient une très belle jeune fille. Alezan, fils du chef de la tribu, ne cesse de la regarder. Au cours d'une rencontre brève et fortuite, il lui déclare son amour et lui laisse entendre qu'il désire l'épouser. Ishawa, également très éprise d'Alezan, se sent déchirée parce qu'elle ne possède rien, même pas de trousseau.

Soudain, une idée lui vient. Elle part dans le bois, s'isole et là, elle s'adresse à sa mère et à ses frères adoptifs, tout en invoquant les pouvoirs du Grand Esprit.

Le soir même, au pied de sa couche, quelle n'est pas sa stupéfaction ainsi que celle de Grand Chagrin, lorsque toutes deux voient une magnifique outre en cuir brodé pleine de présents! Les siens l'ont entendue.

Ishawa pleure de joie. Grand Chagrin pleure à ses côtés, mais ses larmes ne tarissent plus. Ishawa sait alors qu'une immense peine afflige Grand Chagrin. Arrêtant ses sanglots, cette dernière balbutie :

– Je suis si heureuse pour toi, mais je ne peux oublier ma fille perdue dans les grands espaces; elle était encore bébé...

– Ta fille! s'écrie alors Ishawa, les yeux illuminés par une intense émotion. Elle a été trouvée et adoptée par les loups. Cette fille se tient en ce moment devant toi, maman!

Le mariage d'Ishawa et d'Alezan célébré, tous deux allaient vivre heureux auprès de Grand Chagrin. Cette dernière ne cessera de rendre grâce au Grand Esprit pour lui avoir redonné sa fille et lui avoir assuré une descendance.

Yvette Granier-Barkun
Ottawa (Ontario)

La vallée mystérieuse

Il était une fois un paradis de grandes chasses, où un jeune Indien, aussi rapide à la course que le cerf, était assuré de l'admiration de ses frères. Il possédait la force d'un ours en colère. La puissance et la fermeté de son bras, la précision de son tir lui avaient permis de belles victoires sur les cervidés.

Dès l'aurore, dans la forêt noire du haut de la montagne, Tananka commence sa chasse. L'air froid de l'automne crispe sa peau cuivrée. Il perçoit le chant du vent, qui se répercute en murmures et en échos dans la forêt. Il écoute le gazouillis du ruisseau. Tout près, l'empreinte du sabot d'un cerf, fraîche d'un jour, fait battre son cœur. Les yeux fixés sur la piste, l'oreille parfois collée au sol, il épie les sons lointains. Intrépide, Tananka court aussi vite que le feu pendant la tourmente. À la pluie, au soleil, traversant des eaux glaciales, il approche de sa proie sous le couvert du vent.

Les corneilles sonnent l'alerte. L'écureuil clame la nouvelle. Les oiseaux s'envolent affolés. Le cerf est désormais alerté!

Tananka et sa proie, maintenant unis dans la course, ne font qu'un. Au bas de la montagne, le cerf aux abois aperçoit enfin sa vallée habitée par l'Esprit des cervidés.

Dans la clairière, Tananka voit la magnifique bête qu'il poursuit depuis le matin. Sous le ciel serein, sa main confiante tend l'arc; soudain, l'éclair luit, le tonnerre éclate. Tananka n'a pas le temps d'agir. L'arc détendu tombe au pied d'un chêne. Tananka le chasseur n'est plus. Un autre cerf vient de naître. Cerf et chasseur sont réunis; ils entrent noblement dans la vallée mystérieuse, tous deux couronnés de bois superbes.

GAËTANE RIMBEAU
AYLMER (Québec)

La croix des amoureux *

Il y a fort longtemps, au pays de Charlemagne...

Depuis l'enfance, Guilhen et Isabelle s'aiment d'amour tendre et caressent le projet d'unir leur vie l'un à l'autre. Le comte de Bellechasse, père d'Isabelle et seigneur ambitieux, a toutefois d'autres vues pour sa fille et cherche à éloigner Guilhen du château.

Isabelle, malheureuse et désemparée, décide de consulter sa tante Héléna, demi-sœur de sa défunte mère. Héléna est un être généreux mais étrange. On raconte qu'elle jouit de pouvoirs secrets qui lui ont été transmis, à la naissance, par une marraine quelque peu sorcière. De plus, elle porte derrière le lobe de son oreille droite un mystérieux signe en forme d'étoile.

Lorsqu'Isabelle arrive chez sa tante, cette dernière ne semble pas surprise :

– Chère enfant, inutile de parler. Retourne au château et confie-toi à ton père. Je crois pouvoir t'aider.

Ce disant, elle joue avec le lobe de son oreille droite, geste qui n'est pas sans attirer l'attention de sa nièce.

Isabelle suit le conseil de sa tante et rentre au château. Elle s'ouvre à son père, sans parvenir à le convaincre. Elle poursuit cependant :

– Père, pourquoi ne pas soumettre le chevalier Guilhen à une épreuve de votre choix. S'il vous déçoit et n'en sort pas vainqueur, je renoncerai à lui, vous avez ma parole.

---

* Inspiré et adapté des contes et légendes de Savoie.

Le comte accepte, persuadé que, le moment venu, il trouvera un moyen d'arriver à ses fins.

Cette gigantesque croix en pierre de taille, au pied de la tourelle inférieure du château, se dit le comte, rehausserait la beauté des lieux si elle surplombait le donjon... Ainsi orientée, elle protégerait la seigneurie de toute malédiction. Cette croix, il est vrai, a coûté la vie aux trois hommes qui l'ont installée. Eh bien! Pourquoi ne pas demander au chevalier Guilhen de...

À Guilhen mandé au château, le comte annonce solennellement :

– Le chevalier qui, d'ici les deux prochains levers du soleil, aura pu déplacer la croix de la tourelle inférieure du château pour la dresser au sommet du donjon, sera digne d'épouser sans délai ma fille Isabelle.

Comprenant le subterfuge, Guilhen sent la colère et l'humiliation l'envahir, lui qui était prêt à affronter les plus redoutables dangers pour l'amour de sa bien-aimée. Puisque cette croix ne peut être humainement transportée, à quoi cela lui servirait-il maintenant d'aller au-devant de la mort? Peut-être serait-il préférable qu'il s'inflige lui-même cette mort pour ne pas avoir à renoncer à Isabelle?

Ainsi perdu dans de sinistres pensées, Guilhen s'en retourne chez lui. Soudain, il entend une voix l'appeler derrière la haie :

– Guilhen, Guilhen, par ici. Il distingue alors, devant lui, la silhouette d'une femme dont chaque mouvement renvoie des éclats de lumière. Un mince diadème posé sur sa chevelure encadre un regard clair et profond. Elle murmure :

– Je suis Valentina, la fée des amoureux. Héléna, la tante d'Isabelle, m'invoque parfois : nous portons toutes deux le même signe de l'étoile. À la demande d'Héléna, j'ai accouru. Calme-toi, Guilhen, je vais t'aider. Mes elfes et mes sylphes, bien que de petite taille, sont d'une grande force, rien ne leur est impossible. Voilà ce que tu vas faire...

Dès la tombée de la nuit, le chevalier se rend à Bellechasse, au pied de la tourelle inférieure du château. Là, contre la façade, il trouve une longue et grosse corde solidement attachée. Il y grimpe et parvient au sommet. Dans la pénombre son regard cherche la croix, il ne voit rien. Il avance et, quelques mètres plus loin, il l'aperçoit alors, déjà plaquée au sol et libérée de son socle. La clarté d'un rayon de lune lui fait entrevoir soudain des myriades de petits êtres qui s'affairent de toute part. On dirait une ruche en pleine activité. Cette armée en miniature, avec des gestes précis et coordonnés, soulève le monument gigantesque sans le moindre effort, et le transporte jusqu'au donjon. Guilhen sent son corps léger tout à coup, comme en apesanteur. Il suit cet étrange cortège en soutenant un coin de croix, dont il ne sent même pas le poids. Arrivé au donjon, on lui demande de choisir un emplacement; il l'indique du doigt. Les sylphes et les elfes dressent alors la croix et la fixent au sol.

Tout s'est déroulé comme prévu. Il est temps de quitter les lieux. Toujours mû par la grande force qui le pousse, Guilhen descend de la tourelle sans difficulté.

Guilhen voudrait tellement être en compagnie d'Isabelle, lui parler, lui raconter tous ces événements extraordinaires, mais il lui faut attendre jusqu'au matin. Il rentre au manoir. Dès l'aube, Guilhen saute du lit et se précipite à la fenêtre. Il n'ose regarder. N'y tenant plus, il fixe des yeux le paysage droit devant lui, en direction du château. Victoire! La croix est bien là, solide et triomphante comme son amour pour Isabelle!

Quelques heures plus tard, la nouvelle se répand. Des gens vont et viennent, tout le monde veut voir. Des doigts pointent le donjon. Passant par là, un voyageur et son palefrenier, intrigués par tant d'animation, demandent ce qui se passe. On leur répond :

– Le chevalier Guilhen est sorti vainqueur de l'épreuve que lui avait imposée le comte de Bellechasse et il va épouser sa fille Isabelle.

* * *

Comme les voyageurs se signent devant la croix, on leur dit avec respect :

– Cette croix, étrangers, n'est pas ordinaire, c'est la croix des amoureux.

Yvette Granier-Barkun
Ottawa (Ontario)

Ce que femme veut... *

Autrefois, Perrot, le très beau perroquet, affichait un magnifique plastron rouge. Il était remarquable dans son manteau émeraude et sa gorge pourpre. Perrette, dont le plumage était brun uni, enviait les couleurs de son époux. D'un ton moqueur, elle lui dit :

– Stupide oiseau, va! Tu devrais cacher ce rouge éclatant.

– Pourquoi ne pas montrer mes couleurs? demanda-t-il, indigné. Tout le monde les admire.

– Ah, mon cher ami, comme tu es innocent, dit Perrette malicieusement; quand le Tout-Puissant m'a donné mon humble plumage brun, il m'a offert son meilleur cadeau. Brun est la couleur de la terre; les insectes me voient juste au moment où mon bec bondit sur eux.

– La terre est aussi habillée d'une robe verte, dit Perrot, et les petits fruits les plus délicieux sont rouges.

– Comme tu es naïf, Perrot! Notre Créateur ne t'a certainement pas aimé, autrement il ne t'aurait pas affublé de ces couleurs clinquantes. Pas surprenant que tu ne puisses attraper des insectes et que tu doives te contenter de grains.

Honteux, Perrot examine son plastron rouge et essaie en vain de le dissimuler.

– Comment puis-je me débarrasser de ces plumes rouges? demande-t-il.

– Il n'y a qu'une manière, dit Perrette, donne-les-moi. Par amour pour toi, je vais les cacher sous mes ailes; comme ça, personne ne les verra.

---

* Adaptation d'une légende maorie.

Comme Perrette est devenue belle! Perrot le voit bien. Il comprend aussi que, par ses mots persuasifs, elle lui a volé ce qu'il avait de plus beau. Le plumage de Perrot reste un bijou chatoyant, mais vert seulement. Perrette, elle, brille de ses plumes rouges que tout le monde admire.

On peut entendre le triste chant de Perrot quand il pleure ses plumes envolées; mais il glousse aussi en pensant à la finesse de Perrette, lorsqu'il en jase en compagnie de ses amis dans les arbres. Peut-être, après tout, le Créateur l'aime-t-il mieux ainsi, habillé humblement sans le clinquant qui, autrefois, faisait sa fierté.

GAËTANE RIMBEAU
AYLMER (Québec)

La légende du pin *

Si, un jour, vous longez les corniches vertigineuses du littoral méditerranéen, aux confins de la Baie des Anges, vous serez stupéfait de découvrir un gigantesque pin parasol en pleine rocaille sur une pointe de rocher, comme pour défier les lois de la nature.

La légende raconte, qu'au temps jadis, se dressait là un temple érigé à la gloire de la déesse Héra. Une petite communauté de jeunes filles vivait sur ces terres. Ces gardiennes, triées sur le volet, veillaient au maintien du caractère sacré des lieux et célébraient le culte de la déesse. Elles se consacraient ainsi à une vie de recluses et s'astreignaient au plus strict des célibats.

L'une des jeunes filles, Léda, était particulièrement belle. On pouvait la reconnaître de loin, à sa chevelure blonde tombant en cascades sur ses épaules, et à son corps dessinant sous une longue tunique blanche des formes parfaites. L'après-midi, Léda avait coutume de se promener en solitaire dans les jardins du temple, au milieu des parterres de fleurs. Élégante, gracieuse, elle semblait glisser sur le sol comme un cygne sur l'onde, et dégageait un parfum de perfection et d'irréel.

Au cours d'une de ces sorties elle avait aperçu, dans le champ voisin, la silhouette d'un bel Hellène aux boucles brunes. Il jouait harmonieusement de la flûte. Léda avait alors détourné son regard pour obéir aux règles de la communauté. Une autre fois, ce même jeune homme lui était apparu méditant et écrivant, assis dans la rocaille.

---

* Inspiré et adapté des contes et légendes du pays niçois.

Chaque soir, dans son lit, elle se surprenait à évoquer ces rencontres avec beaucoup d'émotion. Quant à Amyrius, le jeune Grec, lorsqu'il venait à croiser le regard de Léda, ses yeux criaient son attirance pour la jeune fille.

La fatalité fit qu'un jour, les jeunes gens se trouvèrent en présence l'un de l'autre. Désormais, rien n'allait plus pouvoir changer leurs sentiments ni leur destinée. Malgré les interdits et les dangers qu'ils encouraient, ils prolongeraient le rêve, sachant que l'avenir ne leur appartenait pas. Il leur fallait se voir à tout prix, respirer le même air, communier à leur amour.

La déesse, prévenue sans doute par une gardienne jalouse du bonheur de Léda, entra dans une grande colère. Elle jura de les exterminer tous deux, pour avoir défié son autorité et les règles de la communauté. Alors que les amoureux se promenaient main dans la main, à l'ombre des oliviers, du haut de l'Olympe elle brandit son sceptre en direction de Léda. Instantanément, celle-ci quitta sa forme humaine pour se transformer en un grand cygne blanc. L'oiseau refusant de déployer ses ailes, Héra brandit à nouveau son sceptre. Le cygne, gémissant, prit alors son envol. Amyrius, ne comprenant pas ce qui se passait, se mit à courir pour rattraper Léda. Arrivé au bord de l'abîme, il fut désintégré et métamorphosé en un gigantesque pin parasol, implanté dans le roc.

La légende raconte que, par beau temps, on aperçoit un cygne épuisé, qui vient se poser à grand-peine au pied de la rocaille, le cou tendu vers la pointe du rocher. Le pin semble alors baisser ses branches pour aller, dans un ultime effort, caresser le cou du cygne.

On dit aussi que le jour où le cygne parviendra à se hisser jusqu'aux branches du pin, Léda et Amyrius reprendront leur forme humaine et s'uniront pour toujours.

Yvette Granier-Barkun
Ottawa (Ontario)

V.

$\mathscr{P}$arfum d'enfance

Parfum d'enfance

La porte s'ouvre en grinçant.

– Est-ce le vent, grand-maman?

– Bien non, mon enfant, c'est le postillon qui ne ferme jamais la porte.

Un peu plus tard, la porte s'ouvre et grince de tous ses gonds. Grand-maman oublie son tricot et laisse tomber le chat qui dort au creux de son tablier.

La porte s'ouvre cette fois sans bruit.

– Est-ce encore le vent?

– Bien non, mon enfant, je crois plutôt que les anges du paradis sont entrés sans prévenir. Petite, aide-moi, cherchons sous les lits, derrière les tentures.

Toujours rien qui ressemble à ces esprits aux ailes blanches.

Grand-maman reprend son tricot et son chat.

– Moi, je ne suis plus inquiète. Ce soir, pour le repas, ils sortiront de leur cachette et, ensemble, nous ferons la fête. La porte ne grincera plus et se refermera doucement sur notre maison heureuse.

LORRAINE BEAUDET
VANIER (Ontario)

Le monde de Cendrine

Au cœur d'un grand lac s'étend une île magnifique, on peut même dire magique. Les oiseaux y chantent et font vibrer leurs ailes entre les branches des saules pleureurs, et les fleurs tropicales dégagent une senteur de printemps nouveau. Les vagues chatouillent cette terre enchantée d'où s'échappe une douce musique. On y aperçoit une maison bleue habillée de dentelles que fait danser le vent. Amanda, la mère, et Benoît, le père, l'habitent avec Geneviève, Magalli, Alexandra, Frédérique, ainsi que Cendrine, petite fille aux cheveux noirs, leur plus grande source de joie.

Cendrine possède un royaume, un lieu de vie où les jouets parlent, les poupées chantent, les wagons s'amusent et les toupies rient. C'est le grenier, sa grande boîte à surprise où elle peut rêver. Un endroit bien à elle, tout en haut de la maison, pour inventer ses chansons. Elle y retrouve des poupées de porcelaine aux yeux étincelants et aux bouches en cœur. Certaines la dépassent d'une tête, d'autres peuvent tenir dans sa main. Ensemble elles se racontent des histoires d'aventures, de princesses, de châteaux, de tartes à la crème et de gâteaux.

Cette petite bonne femme promène les poupées dans son carrosse de jonc vieilli. L'une d'elles lui demande :

– Peux-tu faire tourner le clown au bonnet de bouffon? Je veux le voir sauter et rire un peu.

– Moi, je veux voyager dans le train rouge, lui dit une autre, toute bouclée.

– Oui! Place aux passagers, lance la petite poupée aux poings fermés.

Quelques-unes partent pour Funiculo, une vieille ville de pierre, d'autres pour Gondola, un village à la mer où le soleil se fond à l'horizon. Quand le dernier wagon surgit, la toupie jaune lui tire sa révérence comme une étoile filante.

– Bonjour, les voyageurs, hi hi! Je suis la toupie qui rit.

– Et moi je suis Dorée, la toupie qui aime valser. Venez, venez vous costumer. Choisissez dans ce coffre de bois où les époques revivent, des robes de bal, des capes blanches et des renards argentés aux yeux vitreux.

– Ces yeux grondent. Ils me font peur, s'écrie Cendrine. Je ne peux pas les regarder.

Cendrine fait tourner les robes de bal, ajuste le corset à baleines et referme le coffre de toutes ses forces pour ne pas voir ces yeux méchants qui l'effrayent tant. Or, une fois toutes costumées, Cendrine et ses poupées entendent pleurer au fond du grenier.

– Je suis vieux et usé. Je ne peux plus jouer, dit monsieur Violon, bien attristé. Mes cordes sont relâchées, mon manche craqué, mes clés dévissées.

– Mais non, mais non, dit la poupée de chiffon. Approchez, je vais vous accorder et ensemble nous chanterons la gamme qui vous plaît. Je vous caresserai et soufflerai sur cette poussière qui vous empêche de bouger.

– Je me sens mieux, dit Violon. Voici un la pour commencer.

Près de la boîte à chapeaux tapissée, Cendrine et ses poupées dansent autour de Violon, qui est heureux de faire vibrer ses cordes. Les chapeaux aux couronnes de fleurs des champs virevoltent au son de la musique. Une marguerite s'exclame :

– Tu sais, Cendrine, ce grenier est plein de vie et de bonheur. Il réchauffe nos cœurs.

L'ourson de peluche aux yeux charmeurs, qui jusqu'ici n'avait rien dit, s'écrie :

– Bonjour, Cendrine et tous les amis. je veux jouer, courir, chanter, et vous présenter mon compagnon, monsieur Dé à coudre. Voyez son beau manteau d'argent orné de marcassites, il saute bien sur les pouces et il aime s'amuser.

— Je peux aussi vous servir du jus de pissenlit dans mon creux.

— Buvons, buvons à notre santé, ajoute monsieur Violon.

— Tiens, voilà mon chapeau préféré, dit Cendrine tout émoustillée. Il me sied à merveille. Il est de velours noir, paré de plumes d'autruche. J'aime le porter, il me chatouille le bout du nez.

Se tournant vers un autre coin du grenier enchanté, Cendrine s'exclame :

— Des horloges! Il y en a de toutes les formes, peintes de différentes couleurs, elles carillonnent sur tous les tons.

Cendrine les remonte à tour de rôle et, parfois, on entend leur sonnerie la nuit. Elles font tic-tac presque en même temps, et les aiguilles s'embrassent quand vient minuit.

Le petit cheval de bois, qui a tout remarqué, lui dit :

— Viens te bercer avec moi, je ne ferai pas de bruit sur ce vieux plancher verni. Monte sur mon dos, j'irai au petit trot. Et hop! Et hop! Et saute encore! Tiens ma crinière et prépare-toi pour le galop.

Et il saute et il chante. Après le tour bien amusant, Cendrine descend, saluant son ami, et aperçoit, par la lucarne, des montagnes qui se dessinent au loin.

— Quel monde fabuleux! Être si petite et voir tant de choses!

Par la trappe entrouverte, Cendrine entend sa mère :

— L'heure a sonné, ma chérie, il est temps d'aller dormir et de faire de beaux rêves.

— Je dois déjà redescendre chez les grands.

— Reviens vite! lui crie l'ourson.

— J'accorde mon violon pour la prochaine fois.

— Et moi, je valse jusqu'à ton retour.

— À demain, dit Cendrine, je vous bercerai de mes plus belles chansons.

Très fatiguée, Cendrine a hâte d'aller dormir. Dès son réveil, elle retournera s'amuser dans ce grenier où le cheval l'attend, le carrosse patiente, et le bouffon ne danse pas sans cavalière. Comme elle, ses nombreuses poupées rêvent que le train les fait voyager dans d'autres lieux d'enchantement.

LUCE McNICOLL
OTTAWA (Ontario)

119

Une marmotte peu farouche

Par une belle journée de juillet, Bertrand et Bastien sont en pique-nique au lac Philippe, dans le beau parc de la Gatineau. Les deux bambins jouent au ballon, au bord de l'eau, pendant que papa et maman préparent le goûter.

— Ne vous éloignez pas, les enfants, nous allons bientôt manger.

— Oui, maman, mais il faut bien aller chercher le ballon que Bastien a lancé trop fort.

Les deux frères se dirigent vers un bosquet où ils découvrent, intrigués, un gros trou dans la terre près du ballon retrouvé.

— As-tu vu, Bastien, le trou est presque aussi gros que le ballon.

— J'ai bien envie de l'enfoncer dedans.

«Non, non, ne faites pas ça», dit une voix venue on ne sait d'où. Les deux garçons se regardent, stupéfaits. Qui donc a parlé? On ne voit personne aux alentours. Se peut-il qu'il y ait quelqu'un, ou quelque chose au fond du trou? Bastien, qui n'a que trois ans, a peur mais Bertrand, de deux ans son aîné, se risque à jeter un coup d'œil dans l'ouverture. Il y fait si noir qu'il ne voit rien.

— Fais attention, Bertrand, c'est peut-être un gros méchant loup, comme dans l'histoire du petit chaperon rouge que maman a racontée hier.

— Tu dis des bêtises, Bastien. Un loup, ça ne vit pas au fond d'un trou. Moi je pense que c'est un chat... ou un écureuil, peut-être?

— Vous vous trompez tous les deux, dit encore la voix. Si vous êtes gentils avec moi, je vais sortir et vous verrez de quoi j'ai l'air.

– Oh oui, s'il te plaît, sors de là, on fera ce que tu voudras.

– J'aime beaucoup les pistaches, en avez-vous? J'ai un petit creux.

– Justement, Bastien en a plein ses poches.

– Jette-m'en quelques-unes. Si elles sont à mon goût, je monterai à la surface pour en grignoter d'autres.

Sans hésiter, Bastien sort une poignée de pistaches et les laisse tomber une à une dans le trou. Alors, petit à petit, les deux enfants voient apparaître un animal de la taille d'un gros chat, à la fourrure touffue, pas très joli mais plutôt sympathique. Ce qu'il est affamé ce gros matou! Il mange toutes les pistaches, même celles que Bastien tient encore dans sa main.

– Aïe, aïe, arrête, tu me chatouilles.

– Maintenant que tu as le ventre plein, ajoute Bertrand, vas-tu nous dire comment tu t'appelles?

– Je suis une marmotte. Ce trou, c'est ma maison.

– Tu restes cachée là tout le temps?

– Je sors la nuit, quand il n'y a personne. C'est plus prudent. Tout le monde n'est pas gentil comme vous deux.

– Est-ce que tu dors, des fois?

– Si je dors? Mes pauvres amis, je ne fais que cela tout l'hiver. Et le froid ne me dérange pas; je me recroqueville au fond de mon terrier où il fait bien chaud, et je dors comme une bienheureuse. Je suis chanceuse, n'est-ce pas?

– Ouais, c'est long tout un hiver à dormir! Bastien et moi, on aimerait avoir un petit chien, qui nous suivrait partout, en hiver comme en été. Toi, la marmotte, t'aimerais pas jouer tous les jours avec deux amis comme nous?

– Un chien, c'est un chien; une marmotte, c'est une marmotte, que voulez-vous! Je suis heureuse, moi, dans mon terrier. Quelques gâteries de temps en temps et je suis au paradis.

– Seras-tu ici l'été prochain? Est-ce qu'on pourra venir te rendre visite encore?

– Mais bien sûr. J'en serai ravie, surtout si vous me donnez des pistaches.

L'animal poilu retourne alors dans sa maison souterraine, sous le regard étonné des deux petits qui se frottent les yeux, croyant peut-être avoir rêvé.

– Bertrand, Bastien, où êtes-vous? Vous en mettez du temps à retrouver votre ballon. Venez vite manger les bonnes choses que papa et moi avons préparées.

Les enfants racontent leur aventure, décrivant l'animal le plus extraordinaire qu'ils aient jamais rencontré.

– Un gros chat brun foncé, tout plein de poils, et qui s'appelle marotte... non, ramotte...

– Marmotte, Bastien, marmotte. Il a mangé toutes nos pistaches; il en a même pris dans la main de Bastien. Il dort tout l'hiver, comme l'ours dans mon livre d'histoires.

– Il sera là l'an prochain. On pourrait revenir, hein? Dis oui, maman, dis oui, papa.

C'est maintenant l'heure du retour. Bertrand et Bastien, sur la banquette arrière de l'auto, dorment à poings fermés... comme des marmottes. Peut-être rêvent-ils déjà à leur nouvel ami...

RITA CAUCHY
GATINEAU (Québec)

L'insoumis

Un jour, Fortuné fut chassé de la maison, car son père le trouvait trop indiscipliné.

– Tu reviendras, lui dit son père, quand tu auras trouvé le pays du géant Hamoub, et délivré notre contrée de ce monstrueux personnage. Après certaines misères de la vie, tu auras peut-être appris à t'assouplir.

Le lendemain matin, le jeune homme partit, muni de quelques vêtements et d'un pain que sa mère avait pétri. Elle le lui donna en disant avec amour :

– Prends ce pain magique; tu t'en serviras, si jamais tu te trouves dans l'embarras.

Fortuné marcha pendant plusieurs heures. Il aperçut une petite hutte, où vivait un nain. Celui-ci l'invita à entrer et lui offrit à boire et à manger. Le garçon raconta ses ennuis. Le nain lui indiqua la direction pour se rendre au pays du géant, et lui fit cadeau d'un sabre pour se défendre, au cas où il rencontrerait cet être indésirable.

Fortuné se remit en route. Après avoir cheminé une demi-journée dans la campagne déserte, il entrevit au loin une habitation. En peu de temps, il arriva devant un immense château. À une fenêtre du deuxième étage, il aperçut une belle jeune fille qui lui faisait signe de la main droite tandis que, de la gauche, elle mettait un doigt sur sa bouche. Il comprit immédiatement qu'il ne devait pas annoncer sa présence. La jeune fille trouva, par chance, dans sa chambre, une vieille corde qu'elle déroula jusqu'au bas du mur. Fortuné grimpa et fit connaissance avec la belle Angélique qu'un géant avait capturée et enfermée dans ce lieu.

Chaque soir, à huit heures, le géant apportait une maigre pitance et s'assurait que tout allait comme il le voulait. Vers sept heures ce soir-là, Angélique avait caché Fortuné dans le coffre, placé sous la fenêtre, et l'avait recouvert de l'édredon de son lit. Quand le géant entra, il détecta une odeur suspecte. «Ça sent la chair fraîche ce soir», dit-il. La jeune fille lui expliqua qu'un oiseau bien gras était venu la saluer. Le géant accepta l'explication et s'en alla comme d'habitude, après avoir laissé un pichet de lait et quelques croûtons garnis d'un peu de beurre.

Le lendemain soir, Fortuné retourna à sa cachette mais, par mesure de précaution, il prit son sabre et, dans sa poche, mit le pain magique. De nouveau, à huit heures, le géant entra, et renifla encore cette odeur de chair fraîche, plus prononcée que la veille. Cette fois, il décida de faire l'inspection de la chambre. Dans sa cachette, Fortuné se rappela les dernières paroles de sa mère. Il tenait d'une main le pain aux pouvoirs mystérieux, et de l'autre, son sabre bien aiguisé. Après avoir fouillé tous les coins et recoins, le géant se dirigea vers le coffre, l'ouvrit brusquement et, à sa grande surprise, il vit surgir un être vivant.

Brandissant son sabre, le vaillant garçon engagea le combat. Il pensait toujours au pouvoir magique du pain et, dans sa tête, il implorait sa mère de lui donner la force nécessaire. Avec détermination, il enfonça la lame dans la gorge du malin géant, qui expira sur-le-champ. Enfin, la jeune fille recouvrait sa liberté. Sautant au cou de son sauveur, elle lui promit de toujours vivre à ses côtés.

Au bout de quelques mois, Fortuné vint présenter sa fiancée à ses parents. Le récit de son épreuve convainquit son père de son courage et de sa maturité. Angélique et Fortuné vivent depuis dans une petite chaumière. De la cuisine viennent les mêmes odeurs de bon pain chaud que Fortuné aimait tant, quand sa mère cuisait le pain de la force et du courage.

LUCIE DALLAIRE
VANIER (Ontario)

124

Blanche et Noiraud

Saynète

Noiraud – le stylo
Blanche – la feuille
Pointu – le coupe-papier
Mille-feuilles – l'agenda

Blanche : Quelque chose ne va pas, Noiraud? Tu as l'air abattu.

Noiraud : Ah! Blanche, j'ai tellement travaillé aujourd'hui! Mon maître gagne sa vie de sa plume et il ne s'arrête que lorsque je suis vidé. Encore heureux qu'il m'ait couché sur toi ce soir, sinon je passais la nuit, debout, dans sa poche de veston.

Blanche : Justement, Noiraud, ta pointe dégouline et tu me taches. Ferme ton bec. À cause de toi, demain je me retrouverai toute froissée au panier, sans même avoir servi. Et moi qui ai de si belles lignes...

Noiraud : Pardonne-moi ma grande si, par ma faute, tu ne sers plus à rien.

Blanche : Oui, je souffre, regarde, je suis encore blanche.

Noiraud : C'est vrai, mais tu n'as jamais eu de couleur.

Blanche : Qu'importe, maintenant mes rêves s'effacent. Au lieu de finir mes jours en beauté, comme par exemple à la une d'un journal...

Pointu et *Mille-feuilles* : Le journal que l'on utilise pour faire des petits bateaux qui naviguent sur les étangs?

Blanche : Très drôle! (elle finit par se dérider, sous le regard moqueur de Pointu et de Mille-feuilles.)

Noiraud : Mieux encore, tu aurais pu terminer tes jours griffonnée d'un message amoureux, conservé précieusement par une princesse, dans son tiroir, sous sa lingerie soyeuse.

Blanche : Bien sûr, j'aurais aussi pu être une page d'un livre d'Agatha Christie, d'un best-seller de Jacques Flamand ou encore traîner sur le piano à queue d'un musicien célèbre.

Noiraud : Holà, chère amie, je t'arrête. Sais-tu que tous les espoirs te sont permis, qu'avec les nouvelles méthodes de recyclage, tu pourras être récupérée et réintroduite dans le cycle de production? Si le sort ne s'acharne pas sur toi, tu réaliseras plusieurs de tes ambitions.

Blanche : Tu as raison, mais s'il fallait que...

La vision d'un dépotoir passe, comme un éclair, devant les yeux de Blanche.

Noiraud : Tut! Tut! Cesse de te faire du sang d'encre.

Blanche : En tout cas, c'est la faute des bûcherons. J'étais bien dans ma forêt avant que l'on m'abatte et que je devienne pâte à papier.

Noiraud : Suffit! Ça, c'est une autre histoire. Il est tard, il me faut faire le plein, alors bonsoir!

YVONNE MONTREUIL
HULL (Québec)

Simon et le fabricant de jouets

Olivier et Simon sont les enfants de paysans pauvres. Pour s'amuser, ils font la chasse aux papillons et autres bestioles, dont ils examinent le comportement pendant de longs moments. À la fin de l'été, ils sont fiers d'apporter à leur mère les petits fruits cueillis le long des haies.

Maintenant qu'Olivier fréquente l'école du village, seule Fine, la petite chienne, partage les jeux de Simon. Elle ne le quitte pas d'une semelle. Chaque jour, tous deux s'installent en bordure du chemin, bien avant l'heure prévue, pour attendre le retour d'Olivier.

Un samedi d'automne, la famille se rend à la foire annuelle pour y vendre les produits de la ferme et se divertir. Les garçons prennent plaisir à monter dans les manèges. Journée inoubliable pour Simon, sans compter tous ces objets qui lui ont fait envie...

Quelques jours plus tard, les deux amis attendent à l'endroit habituel. Les parents font confiance à Fine pour veiller sur leur fils. Un bruit de roues sur le gravier se fait alors entendre; Simon se met debout pour mieux voir. Soudain, il reconnaît l'homme qui se tenait derrière l'étalage de jouets à la foire. Par beau temps, ce bougre parcourt le canton pour vendre les objets que sa mère et lui fabriquent à la veillée. Sans cet art, leur vie serait bien monotone. L'homme se souvient de l'enfant qui, l'autre jour, dévorait des yeux les jouets exposés.

– Comment t'appelles-tu, petit?

– Simon.

– Eh bien, Simon, approche, tu verras ce qu'il y a dans ma voiture. J'ai beaucoup d'autres jouets à la maison. Si tu viens avec moi, tu pourras en choisir un qui sera à toi.

Dès que Simon s'apprête à monter, Fine agrippe l'ourlet de sa culotte.

– Fine peut-elle venir aussi?

– Ou-oui...

C'est ainsi qu'à la tombée du jour, Simon se retrouve chez celui qu'il croit déjà être son ami. Une femme aux cheveux grisonnants et au regard doux est assise dans un fauteuil d'infirme. Tout autour d'elle, des poupées, des marionnettes et des bouffons sont l'ouvrage de ses mains. Ses œuvres à lui sont des objets de bois, peints de couleurs vives.

Émerveillé, Simon pose son regard sur une brouette à sa taille. Le ravissement de l'enfant a l'effet d'un soleil éblouissant pour l'être un peu simple qui est devant lui.

– Si tu voulais demeurer chez nous, tu pourrais, toi aussi, devenir fabricant de jouets; n'est-ce pas, Anna?

– Mais je ne veux pas rester ici toujours!

– Bon! Puisqu'il fait déjà nuit, mangeons, puis nous dormirons un peu. Après, on verra.

Simon voudrait connaître les intentions de l'homme. La stupeur le fige lorsqu'il aperçoit, derrière la silhouette de son hôte, un fusil et un long couteau fixés au mur. Mieux vaut être gentil, pense le garçonnet.

– Vous permettez, monsieur, que Fine dorme près de moi? C'est notre habitude.

– Comme tu voudras.

Bien que Simon n'ait pas idée de la distance qui le sépare de sa famille, sa décision est prise : il s'en ira durant la nuit. Allongé sur le banc-lit, il laisse passer le temps. Dans la noirceur et le silence, la caresse de sa maman lui manque. «Maman, fais-les dormir vite, vite et dur, dur!»

L'enfant épie le sommeil des fabricants de jouets. Lorsqu'il les entend respirer profondément, il fait signe à Fine de le suivre sans bruit. Il s'arrête devant une poupée qui lui fait un clin d'œil. Elle est si jolie dans sa robe à frisons qu'éclaire un rayon de lune! Les paroles de l'homme : *tu pourras en choisir un qui sera à toi*, lui reviennent à l'esprit. Il prend la poupée, qui se laisse emporter. Il la nommera Clin d'œil.

Voici les trois amis, Simon, Fine et Clin d'œil, sur la route. La lune, ronde et blanche, dessine devant eux des fantômes, moins menaçants, cependant, que le fusil et le couteau.

À l'aube, les fugitifs sont toujours en chemin lorsqu'ils entendent le bruit d'une voiture. Cela ne peut être que le fabricant de jouets; sans doute est-il furieux et veut-il se venger d'avoir été dupé. Vite, Simon se faufile entre les arbres. Tenant Clin d'œil contre lui, il se dissimule derrière un gros chêne, tandis que Fine se blottit à ses pieds. C'est l'homme. Il poursuit sa route. Quel soulagement!

Simon n'ose pas sortir du bois, craignant le retour de son ravisseur. Une idée lui vient :

– Fine, va chercher Olivier.

Fine hésite; Simon répète :

– Va chercher Olivier et reviens vite ici!

La bête part, ventre à terre. Pour se rassurer, Simon presse Clin d'œil sur sa poitrine.

Maintenant levé, le soleil les baigne de ses doux rayons. La forêt s'éclaire.

Entre-temps, Fine a rejoint les parents affolés qui, aidés des voisins, sont à la recherche de l'enfant disparu. Le fabricant de jouets les rencontre. Penaud et triste, il tente de les rassurer. Fine en tête, tous retrouvent Simon endormi, Clin d'œil dans ses bras.

Le paysan, heureux de revoir son fils sain et sauf, pardonne à l'homme. Celui-ci, voyant sa poupée, sourit naïvement et dit :

– Elle est à toi, je te la donne!

JEANNINE BOYER-DANIS
ROCKLAND (Ontario)

Le sapin méprisé

En ce matin de Noël, Frédéric tire fièrement sa nouvelle luge, rêvant du jour où il sera champion olympique. Perdu dans ses songes, il heurte le coin d'une clôture avec son traîneau. Relevant la tête, il voit un lot de sapins invendus, serrés les uns contre les autres. L'enfant a encore à l'esprit le sapin illuminé du salon familial. C'est alors qu'un des arbres se penche vers lui :

— Je m'appelle Pomme de pin, et toi, comment t'appelles-tu?

— Frédéric, répond l'enfant, étonné.

Et en lui-même : «C'est Noël, tout est possible.»

— Pourquoi nous laisse-t-on mourir de froid? Nous étions si heureux dans la pépinière de monsieur Prévert, allongeant nos rameaux en gestes de prière. Tout petit, je souhaitais grandir dans un beau jardin où les enfants joueraient à la cachette sous mes branches. Ils s'y confieraient mille secrets.

Frédéric, tout triste, se souvient de ce que lui avait raconté sa mère. En courant, il retourne à la maison, sa luge derrière lui, et entre en criant :

— Maman, maman, tu sais, là où on vend des arbres de Noël, il en reste plusieurs. Imagine-toi que l'un d'eux m'a parlé et m'a raconté son histoire. Tu te souviens de monsieur Sylvestre, qui habite tout près. Ne m'as-tu pas dit qu'il avait un don spécial?

— Le botaniste? Oui, c'est juste. Il est maintenant très âgé, on ne le voit presque plus.

En trois bonds, Frédéric est à la porte du vieux monsieur. Après avoir sonné, il met le nez dans l'entrebâillement :

— C'est Frédéric. Puis-je entrer?

130

Une voix lui répond :

– Viens à la cuisine. Quel bon vent t'amène?

– Maman me dit que vous avez un don spécial pour soigner les arbres.

– C'est vrai, j'étais botaniste de profession. J'admirais particulièrement les conifères, leur force, leur résistance. J'ai fait le tour du monde pour les étudier dans leur habitat naturel : les pins bleus de Virginie, les pins pleureurs de Norvège, les grands cèdres de Californie et ceux du Liban, les pins parasols d'Italie, sans oublier tous nos grands conifères canadiens.

Frédéric raconte alors l'histoire de Pomme de pin et ajoute :

– J'aurais une grande faveur à vous demander. Pourrait-il retourner dans sa forêt? Ce serait mon plus beau cadeau de Noël.

Monsieur Sylvestre se lève lentement et sort d'une armoire un sac tout jauni.

– C'est un botaniste norvégien qui me l'a remis, il y a très longtemps.

– Là où on trouve les grands sapins pleureurs, de dire l'enfant, fier de ses nouvelles connaissances.

– Sais-tu d'où vient ton petit ami?

– De la pépinière de monsieur Prévert, non loin de la Mer bleue.

– Si ton papa veut nous y conduire, nous verrons ce que je peux faire.

Le papa est vite convaincu. On achète l'arbre. Frédéric place Pomme de pin sur sa luge pour le tirer jusqu'à la fourgonnette. Le traîneau est tout content. Après un court trajet, les voilà tous à la pépinière. De nouveau, l'enfant répète l'histoire de son sapin. Monsieur Prévert se souvient que quelque chose d'étrange s'était passé au moment de la coupe des arbres de Noël. L'un d'eux avait dit d'une voix forte :

– Non, ne me coupez pas, ne me coupez pas!

L'horticulteur, surpris, avait alors marqué la souche d'un trait rouge.

Frédéric court à la voiture annoncer la bonne nouvelle. Il tire sa luge portant le précieux chargement jusqu'au lieu désigné par monsieur Prévert. Tenant son sac magique, monsieur Sylvestre suit, de peine et de misère, son jeune copain. Le botaniste sort une boîte de métal contenant de la poudre et une bouteille. Il ajoute un peu de poudre au liquide de la bouteille, et un bouillonnement se fait entendre. Lorsque le sapin est bien droit sur sa souche, monsieur Sylvestre applique la potion magique. Quelques minutes d'attente et voilà le sapin qui redresse fièrement la tête. Frédéric saute de joie et va embrasser son vieil ami.

Deux ans ont passé. Frédéric et sa famille s'installent dans un quartier tout neuf, rue des Épinettes. Au milieu de leur grand jardin, s'élève un jeune et beau sapin.

Du haut du ciel, un certain monsieur lui fait un clin d'œil.

DENYSE B. MERCIER
OTTAWA (Ontario)

Cadeau du ciel

Murielle était une petite fille qui aimait beaucoup jouer dans la neige. Elle apportait ses vêtements à sa maman pour que celle-ci l'aide à s'habiller, afin qu'elle puisse aller dehors, s'amuser dans cette belle ouate blanche et veloutée.

Lorsqu'elle était à l'extérieur, même si la neige avait été soigneusement pelletée par son père, elle prenait plaisir à la remuer et à la disperser dans toutes les directions.

Un jour, son père lui demanda si elle savait qui se donnait la peine d'enlever la neige aux alentours de la maison. Il lui fit remarquer que c'était bien ennuyeux, pour lui, de toujours recommencer le même travail. Toutefois, la petite ne semblait pas s'en soucier.

Plus tard, elle entendit son père dire à sa mère, dans l'intimité, après une séance de pelletage : «Quand je serai parti, je lui en ferai tomber de la neige d'en haut, elle l'aime tant.»

Le père vint à mourir. C'était en avril, un avril bien triste. Le mois suivant, plus exactement le 8 mai, Murielle célébrait son anniversaire de naissance. Déjà, des petites fleurs sortaient de la terre humide. Cependant, malgré ces signes de printemps, le même jour, la neige se mit à tomber à plein ciel.

Curieusement, il n'y eut de neige nulle part ailleurs. C'est bien ce que la petite fille apprit lorsqu'elle demanda si la chute avait été aussi forte dans les villages voisins.

Murielle se souvint des paroles prononcées par son père quelques années auparavant. À ce moment, elle ressentit fortement sa présence dans son cœur et dit à sa mère : «Vois-tu, maman, c'est papa qui m'envoie mon cadeau d'anniversaire!»

MAURICE-ANDRÉ VIGNEAULT
VANIER (Ontario)

La boule de cristal

Raphaël et Isabelle sont seuls dans le logis qu'ils habitent depuis peu, avec leur mère, Viola, rue du Parc. Le propriétaire, cédant à un élan de bonté qu'il ne pouvait expliquer, avait accepté d'héberger l'inconnue et ses deux enfants dans l'appartement adjacent à son commerce.

Viola, visiblement bouleversée, est partie il y a trois jours, la nuit venue, malgré la pluie torrentielle. Trop de questions demeuraient sans réponse, elle devait retourner à la caravane parler aux anciens.

Les romanichels avaient établi leur campement au pied du grand rocher, comme ils le faisaient souvent au printemps. Viola avait gardé de bons souvenirs des nombreuses fois où, sous les rayons du soleil de mai, elle avait joué dans les pierrailles chaudes. Elle aimait se rappeler les belles années de son enfance, entourée de parents attentifs à ses moindres désirs.

Tout cela était bien loin derrière elle. Sa vie avait chaviré quelques semaines auparavant après les révélations de sa mère agonisante. D'une voix à peine audible, la mourante avait avoué : «Je suis ta mère adoptive, mais je t'ai aimée plus que tout au monde». Depuis, Viola repassait tous les événements pouvant lui fournir un indice sur son identité, sur ses origines. En vain.

Adolescente, elle n'avait pas éprouvé de sentiments d'appartenance malgré tout l'amour que lui témoignait le clan familial. Elle était toujours intriguée par les nombreux visiteurs qui venaient consulter la grand-mère, et repartaient confiants d'avoir trouvé une solution à leur difficulté. L'un d'eux était le père de Raphaël et Isabelle, mais elle rejette très vite ce souvenir douloureux.

Depuis quelque temps, Viola rêve d'une vie plus stable pour elle et ses enfants. Au décès de sa mère, et surtout à cause de ses dernières paroles, elle a quitté la caravane en toute hâte et s'est rendue au village avec Raphaël et Isabelle. Dans leur unique valise, quelques vêtements, des photos jaunies et la boule de cristal. Et, pour se nourrir, un maigre pécule.

Elle est reconnaissante envers le marchand qui les a accueillis, car la population locale se méfie des nomades. On les soupçonne de tous les maux, de voler sans vergogne poules, fruits et légumes, de s'approprier les vêtements sur les cordes à linge, de jeter de mauvais sorts aux habitants et même d'enlever les enfants.

Rue du Parc, Raphaël et Isabelle, affolés par l'absence prolongée de leur mère, n'osent sortir. Dans la grande pièce, on peut voir la lumière, tard la nuit. Assis à la table, ils fixent la boule de cristal tant de fois interrogée par leur grand-mère. Les pouvoirs magiques que la boule possédait semblent avoir disparu et, malgré les supplications des enfants, aucun message, aucune explication ne vient apaiser leur angoisse.

Dehors, la pluie tombe toujours et le vent fouette les fenêtres. Un éclair qui déchire le ciel est aussitôt suivi d'un coup de tonnerre étourdissant. Les enfants, apeurés, s'élancent sur la boule de cristal qui leur glisse des mains et se détache de son socle en roulant sur le plancher.

Au même moment, on frappe à la porte. Le marchand, accompagné d'un gendarme trempé jusqu'aux os, apparaît sur le seuil. Avec beaucoup de ménagement, les deux hommes expliquent aux enfants qu'on vient de découvrir le corps de leur mère au pied de la falaise. Dans la nuit noire, elle se serait aventurée trop près du précipice.

Les enfants, accablés de douleur, et maintenant seuls au monde, ramassent la boule de cristal, dernier lien désormais avec une enfance heureuse. Mais voilà qu'un bout de papier glisse de la base. Raphaël le déplie et le fixe sans comprendre. Le marchand y lit :

— Ta vraie famille demeure au Vieux Cran... pardonne-moi.

Il regarde alors tantôt Raphaël, tantôt Isabelle, et s'écrie :

— Votre mère était d'ici, elle était de notre village! C'est précisément à cause d'une grande ressemblance entre votre mère et ma sœur aînée que j'ai accepté de vous héberger. Votre mère est ma sœur cadette disparue en bas âge il y a près de trente ans. Nous avions cru qu'elle avait glissé dans la rivière et que les rapides l'avaient emportée au large.

Pour les enfants c'en est trop. Trop d'émotions, trop de révélations; ils sont abasourdis. La boule de cristal leur a brutalement livré un secret qu'ils devront apprivoiser, mais ce soir, ils pleurent leur mère.

DOLORÈSE DESCHAMPS
OTTAWA (Ontario)

136

VI.

*C*et au-delà qui nous habite

Le rocher au tison

Le soleil éparpillait généreusement ses rayons agonisants sur la grève nue. Il dessinait sur l'eau des ombres rosées, habillait les arbres de douceur, et le sombre rocher, dans sa fierté immuable, resplendissait de mille couleurs. Le ressac, dans sa valse lente, ramenait au repos de la nuit les oiseaux blancs, déposait çà et là des coquillages éventrés, et l'on n'apercevait plus que des cailloux satinés tenant compagnie à quelques touffes d'herbes entêtées. Il était environ vingt heures. L'Île-aux-Galets se préparait une nuit d'été, une nuit bienfaisante.

À cette heure-là, à l'heure précise où le crépuscule hésitant enveloppait le paysage, chaque fois il attachait son radeau à une vieille souche. On le voyait arriver par le sentier du bout de l'île. C'était bien lui, l'itinérant, le «revenant» comme on le surnommait souvent, le mendiant de l'île. On le reconnaissait à son regard naïf, à son pas claudiquant et à son baluchon rapiécé. À le voir gesticuler, on aurait dit qu'il était toujours en agréable compagnie. Il marchait bâton à la main, tête haute, et sa calotte de cuir lui donnait un air gaillard. Certains soirs, par contre, il semblait porter le monde sur son dos.

D'où venait-il? Personne ne le sait. On raconte qu'un soir, il y a de ça trois ou quatre dizaines d'années, une sirène aventureuse accoucha sur la grève de l'Île-aux-Galets. Le nouveau-né, bercé par le doux chant maternel, grandit. On ne revit plus la femme mystérieuse mais Elmar, ce fils des mers, garda pour l'île un attachement viscéral. Elle était la confidente de ses nuits et de ses rêves. Depuis ce temps, chaque tombée du jour révélait Elmar, le vagabond fidèle à son île, à son rocher, à son mystère.

Ce soir-là, comme à l'accoutumée, il déposa son baluchon dans une crevasse du rocher, salua le soleil baissant, fit quelques pas sur la grève, ramassa des brindilles et des copeaux, alluma un feu pour réchauffer ses pieds trempés et, immobile comme une pièce d'architecture, il fixa l'infini. Elmar aimait tant la musique crépitante du feu mariée au refrain de la mer patiente et attendrie...

La nuit était tombée. Le feu soupirait, les tisons s'effritaient et le sommeil venait. L'itinérant alla chercher un seau d'eau qu'il jeta sur la braise. La cendre s'étendit comme un tapis mais, à son grand étonnement, un tison rouge vif résistait. Il recommença l'opération; le tison conservait sa forme et sa couleur. Elmar retrouva son cœur d'enfant et se surprit à sentir en lui-même le goût de jouer. À l'aide de son bâton, il lança le tison sur la grève et celui-ci bondit en pluie d'étincelles. Il scintillait comme mille paillettes de rubis. Cette magie l'intrigua et, après ce spectacle envoûtant, il crut bon de cesser le jeu. Il poussa donc le brandon jusqu'à la mer. Or, la vague, saisie comme si elle avait reçu une violente brûlure, le rejeta, furieuse. Le tison aux reflets rougeoyants reposait là sur le rivage, intact, encore plus brillant.

Elmar n'y comprenait rien. Songeur, il réfléchissait. Il s'avança près du rocher, délogea une lourde pierre, la traîna tout près du feu, la souleva d'un geste brusque et la laissa tomber sur le tison récalcitrant pour le pulvériser. Le tison ne broncha pas, comme s'il avait été de la même consistance que la pierre. «Recommençons», se dit-il, et l'écho ramena le claquement aigu de roches qui s'entrechoquent. Elmar s'inquiéta. «Si le vent se levait cette nuit et que le tison roule dans les buissons!» Le vagabond ne riait plus. Il fallait trouver une solution.

Pour avoir escaladé le rocher maintes fois, le revenant connaissait par cœur ses reliefs et ses fissures. «Si je plaçais ce charbon de feu là-haut sur cette crête qui s'avance et pointe vers la mer, il éclairerait!» Il se parlait à lui-même, et l'écho répondit : «As-tu oublié que ce tison brûle, comment feras-tu pour le jucher jusque-là?» Elmar pensa : «Si je le tenais entre deux bouts de branches? Non plus, je risquerais de le laisser tomber.» Il regarda autour de lui. La lune jetait ses reflets sur la grève. Il fit quelques pas, s'arrêta... «J'ai trouvé», s'écria-t-il. Et l'écho reprit : «Yé!» «Un coquillage, je le placerai dans un coquillage.» Au même moment, un sentiment étrange l'envahit. Une nostalgie lui mouilla les yeux. Un souvenir lointain... Elmar repassa en sa mémoire la chanson des coquillages que sa mère lui chantait le soir :

> Tu trouveras des colombelles
> Et des vanneaux
> Des coques et des patelles
> En t'approchant des flots.
>
> Confie à la chanterelle
> Tes rires et tes pleurs
> Abandonne à la marginelle
> Tes soifs de bonheur.
>
> Dans le cœur d'un coquillage
> Palpite le secret des mers
> Écoute mon fils, son message.
> Il te révélera son univers.

Elmar pleurait, il marchait tête basse et cherchait... Ses larmes soudain tombèrent dans un coquillage tout ouvert à sa quête, on aurait dit une patelle faite sur mesure pour le tison. L'itinérant roula le brandon dans la coquille, ajusta sa calotte et déposa dessus, comme sur un reposoir, le précieux plateau. Tout le long de la montée, il tenait sa tête bien droite. De sa main gauche il tâtait les aspérités, plaçait son pied dans les fissures de la falaise. Ici, il redoublait d'attention, là il accélérait. L'acrobate garda son équilibre. À une saillie, qui s'avançait fièrement vers la mer, il confia enfin la boule de feu, se reposa et reprit la descente, le cœur plus léger.

Fasciné par ce globe lumineux, Elmar étira le temps avant de regagner, à l'autre tournant de l'île, son refuge. Au firmament les étoiles veilleuses étaient au rendez-vous, et dans l'entaille du rocher, les broussailles étendues n'avaient pas bougé. Elmar ouvrit son baluchon, s'enroula dans sa couverture de laine, se coucha et s'endormit d'un sommeil troublé. De temps à autre, il sursautait, se réveillait, il sortait la tête et regardait vers la falaise. Le tison éclairait toujours et une auréole lumineuse l'encerclait. Il n'avait jamais vu une telle splendeur se marier au silence de la nuit. Seule la vague lente murmurait son vieux refrain. Le vent dormait d'un sommeil profond, il soufflait sur le visage du revenant une haleine discrète. La nuit passa.

Le soleil décorait déjà les alentours lorsque, réveillé par un bruit nouveau, un ramage curieux, Elmar tendit l'oreille. On entendait un bourdonnement soyeux, doux comme un chant léger, aussi doux que la voix de la sirène, et une musique sautillante pleine de rires qui dégringolaient. Elmar se leva. Son premier regard fut pour le tison rouge. Stupéfait, il aperçut une cascade, large ruban blanc qui glissait le long de la falaise et se bouclait au gré des rugosités. Ébahi, il croyait rêver; une eau rapide tapissait d'étoiles le flanc noir du rocher. Elmar s'approcha. À l'emplacement, à l'endroit même où la veille il avait déposé le tison, il remarqua une profonde entaille d'où jaillissait en blanches mousselines l'eau écumeuse. Les jours ont passé, et les mois, et la source ne s'est jamais tarie.

Depuis, on a coutume de nommer ce rocher le Rocher du Tison rouge. Et les voyageurs s'interrogent sur cette appellation tant qu'on ne leur a pas raconté la légende d'Elmar, le fils des mers.

PIERRETTE LORTIE-CARIGNAN
GATINEAU (Québec)

La Dame du ruisseau

Combien de minutes a duré cet émerveillement? Je ne saurais le dire avec précision. Dix, peut-être. Mais ces dix minutes n'ont jamais cessé de se magnifier dans ma mémoire.

Le petit ruisseau qui longe la piste cyclable coulait à peine. Le mince filet d'eau créait une musique douce en glissant sur son lit de cailloux. Des rayons dorés s'échappaient des feuillus. Tout était sérénité.

Je m'étais arrêté pour goûter la beauté du paysage. À peine installé, je vis une dame apparaître en amont du ruisseau. Grande, svelte, elle ne semblait pas être consciente de ma présence. Elle s'assit, et la tête appuyée sur ses genoux, fixa l'eau dansante. Elle ferma les yeux comme si elle allait s'assoupir. Je la regardais tendrement Je pouvais presque voir son corps s'abreuver à l'énergie de la forêt. Même ensommeillée, elle dominait.

Elle ouvrit les yeux, se retourna légèrement vers moi. Nos regards se rencontrèrent. Ni elle, ni moi n'avons parlé; nous ne voulions pas rompre l'envoûtement. Puis elle se leva et partit aussi discrètement qu'elle était venue.

Je restai là longtemps, sans bouger. Je pensais à cette femme, à sa présence. Était-elle une création de mon esprit? Elle avait déjà pris racine en moi et faisait maintenant partie de ma vie. Elle était devenue la Dame du ruisseau au regard apaisant.

Depuis cette rencontre inattendue, je reviens souvent en ce lieu. Elle ne s'y trouve jamais, sauf dans mes pensées. Ensemble, nous contemplons la grande beauté du paysage.

Ces heures passées devant le ruisseau me procurent un bonheur profond. Je l'imagine, là, à mes côtés. J'aimerais entendre le son de sa voix veloutée. Elle pourrait me réciter des poèmes de Baudelaire.

Chère Dame du ruisseau, il n'a fallu que quelques instants pour que vous veniez en moi. La poésie ne me quittera plus.

GILLES BILODEAU
HULL (Québec)

Au matin du monde

Ils formaient une triade étonnante.

D'où venaient-ils? Personne ne le sait, mais il émanait de l'un une magie qui se projetait dans l'autre. Ce mouvement explosif engendrait une telle énergie qu'un troisième, comme l'éclair, entrait dans la danse on ne sait par où, ni comment. Dans cette chorégraphie qui n'en finissait pas, ils étaient heureux d'un bonheur qu'ils se donnaient sans cesse. Dans ce cercle de mouvance, ils s'aimaient, l'éléphant, l'agneau et le pélican.

Un jour, paraît-il, un jour comme il n'y en avait jamais eu auparavant, l'éléphant, après mûre réflexion, dit à l'agneau qui sommeillait paisiblement sous l'œil vif du pélican :

– Ne croyez-vous pas qu'il serait temps d'agrandir notre cercle? Je me meurs d'offrir, et sans mesure, le secret de notre parfaite intimité.

Il n'avait pas sitôt terminé que le mouton sortit de son rêve sous le coup d'aile de l'oiseau et, d'un commun accord, les trois se partagèrent la tâche sur-le-champ.

L'éléphant le premier s'avança, déplia ses grandes oreilles et, sur un ton solennel, dit :

– Que l'eau soit!

Aussitôt, de sa trompe jaillit comme d'une fontaine une eau tellement abondante qu'une mer bleu azur s'étendit, vaste, plus vaste que ses désirs. Ensuite, d'un coup d'aile bien mesuré, le pélican se mit à planer, planer en douceur et un vent, léger comme une brise, les enveloppa tous les trois. Dans ce ciel nouveau, l'agneau émerveillé lança ses rêves droit devant lui et des millions d'étoiles naquirent à l'instant même.

Spectacle inédit! Ils se miraient tous les trois dans ces eaux nouvelles et, sous cette voûte céleste, goûtèrent la saveur de leur

145

don inépuisable. Ils en eurent bientôt plein les yeux. L'éléphant alors laissa tomber sa trompe; l'eau de la mer s'arrêta, collines et vallons émergèrent.

– J'irai brouter là, dit l'agneau.

Et il se fit un long silence.

Un matin, avant même le lever du soleil, le pélican chuchota à l'oreille de l'éléphant. L'histoire ne dit pas de qui ni de quoi il fut question, mais l'agneau, dans sa folle envie de tendresse, commit une indiscrétion. Et depuis on a appris que l'éléphant aurait confié à un être tout à fait original son monde nouveau. Il s'appellerait Èv'Adam. C'est à lui que reviendrait, paraît-il, la gouverne de tout ce qui surgirait là-bas. Il en aurait l'entière responsabilité, en toute confiance et liberté.

Les jours et les semaines passèrent.

L'éléphant, l'agneau et le pélican se reposèrent. Ils vivaient heureux, admirant leur progéniture. Ils regardaient toutes ces espèces et ces êtres qui se multipliaient dans les eaux, sur la terre, dans les cieux nouveaux, et se félicitaient de tant de beauté.

Un soir de calme infini, car chez eux la paix régnait toujours, le pélican, l'oiseau au grand cœur, partit à tire-d'aile, pour simplement jeter un coup d'œil chaleureux ici et là. Il revint essoufflé, apeuré; son cœur cognait jusqu'au bout de ses ailes tremblotantes.

– Pas possible, dit-il. Il se passe là-bas des choses inconcevables. Tout est en chamaille. On se bat les uns contre les autres. C'est la désolation partout. Je crois même avoir aperçu, ma foi, dans cette vallée de prédilection, des béliers piétiner des brebis en train d'agneler. J'en ai encore le frisson.

L'agneau fixa le pélican droit dans les yeux.

– Quoi, dit-il en poussant un bêlement, ces vauriens sont de ma race!

Il tourna son regard vers l'éléphant. On entendit alors un barrissement, plutôt, un gémissement de détresse. L'éléphant pleura amèrement. L'agneau essuyait les larmes tant bien que mal; elles étaient si abondantes, si débordantes, que sa laine en fut trempée. Le pélican ouvrit bien large ses ailes; dans ce ciel troublé, il planait sans bruissement.

C'était la première fois qu'un tel bouleversement ébranlait leur joie immuable.

Ils tinrent donc un grand conseil comme au premier soir. L'éléphant parla le premier :

– Je pourrais tous les écraser, et d'une patte seulement!

Il renifla, fit un pas en avant, ses défenses au garde-à-vous, mais il se repentit aussitôt :

– Non, je ne le ferai pas.

Son cœur se retourna en lui-même :

– Je ne le peux pas.

Le pélican gardait son cœur béant, prêt à toute éventualité. L'agneau s'avança et dit :

– J'irai là-bas, j'irai paître dans leurs champs, je m'approcherai d'eux; ils n'auront pas peur de moi, je ne suis qu'un mouton et je leur parlerai au cœur.

Il se fit un long silence... et il partit.

C'était convenu d'avance; une brebis, exceptionnellement belle, adopterait l'envoyé dès sa venue en ce monde cassé.

Des jours et des semaines passèrent... L'éléphant attendait le retour de l'agneau. Le pélican traversait les nues, voyageait du ciel aux enfers, portant à l'un et à l'autre les nouvelles de l'heure. L'agneau allait par monts et par vaux, suant à grosses gouttes dans sa laine bouclée. Il s'approchait de tous ceux qu'il rencontrait dans les landes, aux abords des chemins poussiéreux, s'abreuvant aux sources fraîches et, le soir, reposait ses sabots usés à l'ombre des aubépines, humant le parfum de ces fleurs odorantes. Il déposait ses espoirs déçus et rêvait d'amour, de dialogue et d'harmonie. Le matin, il recommençait avec la même ferveur, la même douceur. Au fil des jours, le brave messager s'était fait quelques amis; il épanchait sa douleur, confiait ses rêves, mais ne les imposait jamais.

Des béliers, des boucs, des brebis et des chèvres le suivaient de plus en plus. Il parlait un langage plein d'images; pourtant la grande majorité ne l'écoutait pas. Pire, quelques moutons noirs bien sceptiques essayaient de saboter ses efforts. On le menaçait même.

Un soir de grande noirceur, se sentant perdu, l'agneau bêla, bêla très fort sa peur, son désarroi. Seul, comme «un agneau qu'on mène à l'abattoir», il trembla. L'éléphant, dans sa mémoire fidèle, l'avait-il oublié? Le pélican reviendrait-il le réconforter? De loin, quelques bien-intentionnés regardaient, figés, le tragique spectacle. La brebis fidèle, celle qui l'avait accueilli à son arrivée, recueillait le sang coulant de sa toison jusqu'à la dernière goutte.

Et ce fut la fin.

On a vendu sa laine.

Là-bas, dans leur demeure violée, l'éléphant et le pélican se ressaisirent. L'éléphant réfléchissait. Comment ramener à lui l'agneau immolé? Le pélican ouvrit très large sa poche et son bec.

– Peut-être que je réussirais...

L'éléphant ne pouvait laisser à la déchéance tous ces êtres sortis de son bon vouloir. Son cœur se retourna une deuxième fois. Il fallait faire plus encore.

Il chercha... Le troisième jour après deux nuits de pourparlers, il donna un coup de trompe tel que tout le ciel trembla, la terre s'éventra et l'agneau sortit vainqueur. Sa toison, de rouge écarlate hier, était devenue d'une blancheur aveuglante. Les boucles de laine brillaient de mille diamants. Il portait en son regard un monde nouveau. Il était si agile qu'on le voyait partout à la fois. On ne le reconnaissait pas mais, au son de sa voix, on s'approchait et un goût pour la danse renaissait.

On n'a pas revu l'agneau depuis.

L'histoire raconte qu'il serait retourné là où la danse n'a ni commencement ni fin et que, grâce à lui, l'univers nouveau dansera à jamais, dans les bras de l'éléphant, de l'agneau et du pélican, la folie de l'amour.

PIERRETTE LORTIE-CARIGNAN
GATINEAU (Québec)

Table des matières

Table des illustrations de Patricia Séguin Smith

Les Inédits de l'école flamande

- *Perce-neige,* Cahier numéro 1, 1993, 40 pages
- *Chaîne et trame de vie,* Cahier numéro 2, 1994, 140 pages
- *A Cappella. Cinquante textes de création,* Cahier numéro 3, 1995, 164 pages
- *Feux et brumes. Contes, légendes et récits,* Cahier numéro 4, 1998, 156 pages

DIFFUSION

Pour tous les pays
Les Éditions du Vermillon
305, rue Saint-Patrick
Ottawa (Ontario)
Canada K1N 5K4
Téléphone : (613) 241-4032
Télécopieur : (613) 241-3109

Au Canada
Distributeur :
Québec-Livres
2185, Autoroute des Laurentides
Laval (Québec)
H7S 1Z6
Téléphone : 1-800 251-1210 et (514) 687-1210
Télécopieur : (514) 687-1331

Composition en Bookman
corps onze sur quatorze
mise en page
conception et réalisation
de la couverture
Atelier graphique du Vermillon
Ottawa (Ontario)
Séparations de couleurs et films
So-Tek
Gloucester (Ontario)
Impression et reliure
Veilleux Impression à demande
Boucherville (Québec)

Achevé d'imprimer
en mars mil neuf cent quatre-vingt-dix-huit
sur les presses de
Veilleux Impression à demande
pour les Éditions du Vermillon

ISBN 1-895873-62-2
Imprimé au Canada

FEUX ET BRUMES

EST LE CENT SOIXANTIÈME TITRE

PUBLIÉ PAR LES ÉDITIONS DU VERMILLON.

—